Books are to be returned on or before the last date below.

LIBREX —

D1340486

Les femmes de l'ombre

Le roman *Les Femmes de l'ombre* est inspiré du scénario original écrit par Jean-Paul Salomé et Laurent Vachaud pour le film *Les Femmes de l'ombre* (2008), de Jean-Paul Salomé.

© Perrin, 2008
ISBN : 978-2-262-02774-2

Laurent Vachaud

Les femmes de l'ombre

roman

PERRIN

www.editions-perrin.fr

Le SOE (Special Operations Executive) et le maquis de l'Ain ont participé activement à la chute de l'occupant nazi pendant la Seconde Guerre mondiale.
Les noms de leurs chefs, mentionnés dans ce livre, sont authentiques. Parfois inspirés de figures réelles, les autres protagonistes sont des personnages de fiction. Ceci est un roman.

L.V.

Louise

Le visage impassible, Louise se tenait prête.

Installée au sommet de la passerelle qui surplombait le dépôt ferroviaire de Bourg-en-Bresse, la jeune femme attendait, fébrile, un signal de Claude. À travers la lunette de son fusil, et malgré l'obscurité qui enveloppait tout, elle distinguait parfaitement la silhouette de son mari, reconnaissable à la casquette fétiche qu'il portait toujours dans les missions délicates. À ses côtés, deux maquisards finissaient de placer des charges de plastic sous une locomotive. Une fois la tâche accomplie, ils dérouleraient les fils jusqu'à leur point de repli, à une vingtaine de mètres plus loin. Alors seulement, ils appuieraient sur le détonateur.

L'explosion devait réveiller la moitié de la ville et porter un nouveau coup dur à la Wehrmacht. Depuis trois mois, à présent, le maquis de l'Ain multipliait les offensives contre l'occupant. Paniqués par ces attaques qui éclataient chaque jour dans un nouveau secteur du département, les Allemands se vengeaient par des représailles sanglantes contre la population. Malgré tout, les habitants conservaient une loyauté sans faille aux maquisards.

Deux jours plus tôt, le 8 avril 1944, une famille avait été sauvagement exécutée sur la place de La Rivoire, un petit village des environs de Champagne-en-Valromey. Une bicyclette suspectée d'appartenir à un maquisard avait été trouvée contre la maison des malheureux. Louise se trouvait au village ce jour-là. Elle avait vu le père, la mère et les trois enfants s'agenouiller les uns à côté des autres sous la menace d'un officier. Il s'était alors placé derrière eux et leur avait logé une balle dans la nuque. La petite fille avait tenté de prendre la fuite. Elle avait été abattue d'une balle dans le dos et traînée au sol, tirée par les cheveux, vers les cadavres de sa famille. Les corps avaient été cloués ensuite sur les portes de la grange familiale et exposés à la vue de tous pendant trois jours et trois nuits avant que la population ne reçoive l'autorisation de leur donner une sépulture. Au bout du compte, la bicyclette appartenait à un cantonnier de passage, ce que les Allemands savaient depuis le début. La tuerie avait servi à faire un exemple. Louise revoyait encore les visages des trois enfants et les clous leur transperçant les poignets. Ce soir, si elle devait ouvrir le feu et verser le sang, elle savait qu'elle le ferait aussi pour venger les martyrs de La Rivoire.

Entre Louise et son mari, il avait été convenu qu'à l'approche d'une patrouille, Claude lèverait la main en désignant le nombre de soldats avec les doigts. Louise avait alors pour consigne de les laisser s'approcher le plus près possible avant d'ouvrir le feu. Elle était la meilleure tireuse du maquis, elle l'avait déjà prouvé et elle le prouverait encore ce soir. Combien d'Allemands avait-elle déjà abattus ? Huit ? Neuf ? Elle ne saurait le dire exactement. Elle se souvenait bien en revanche du visage de son premier tué, un jeune soldat qui ne devait pas avoir plus de vingt ans. Cette nuit-là, du toit de L'Étoile des Alpes, une épicerie de Belley, où Claude et son groupe étaient venus chercher des vivres, Louise, en faction, avait vu le garde approcher. Peut-être n'avait-il rien remarqué de suspect, peut-être était-il simplement pris d'une fringale nocturne, qui sait ? Louise n'avait pas attendu pour le savoir et l'avait visé de deux balles en pleine tête. « Une balle ne suffit jamais, tire toujours deux fois », lui avait appris Claude.

Louise frissonna. La cloche de l'église de Bourg-en-Bresse venait de sonner minuit. La lunette toujours axée sur le train de marchandises, elle ne put s'empêcher de penser que le jour qui allait pointer coïncidait avec son anniversaire. Elle allait avoir trente-cinq ans. Fallait-il y voir un signe ? Mais Louise n'était pas superstitieuse, elle ne croyait qu'aux actes, ici et maintenant.

Perdue dans ses pensées, la jeune femme ne perçut pas tout de suite le grondement des véhicules, lorsqu'elle vit se lever les deux mains de Claude, les doigts bien écartés. Elle en compta huit. Louise fit aussitôt pivoter son arme sur la droite pour distinguer la patrouille, à cent cinquante mètres à peine. Une automitrailleuse roulait en tête du convoi, un soldat à découvert dans la tourelle. La suivaient deux hommes en side-car et une voiture avec cinq soldats à son bord.

Louise attendit d'avoir le tireur de la tourelle bien inscrit dans sa ligne de mire pour appuyer deux fois sur la détente. Touché en plein front, l'homme fut projeté en arrière. La patrouille s'arrêta net et des cris se firent entendre aussitôt. Mais Louise avait déjà rechargé et, bloquant sa respiration, ouvrait le feu à nouveau, éliminant cette fois le conducteur du side-car et son passager. Claude et ses amis profitèrent de la panique pour achever de placer les explosifs sous la dernière locomotive. Puis, furtivement, ils sortirent de l'ombre et se dispersèrent, attirant l'attention des Allemands qui firent feu aussitôt.

Les maquisards répliquèrent avec les armes qu'ils cachaient sous leurs gabardines. Tandis que les coups de feu crépitaient, trouant la nuit de quelques éclairs brefs, Louise vit alors son mari s'effondrer, une main plaquée sur la cuisse. Claude tenta de se glisser sous le train mais les Allemands fondaient déjà sur lui comme des oiseaux de proie. Ils le relevèrent sans ménagement et le forcèrent à s'agenouiller. Le cœur battant, Louise savait qu'ils ne le tueraient pas sur la voie. On n'abat pas un chef de groupe de maquis quand on peut le faire parler. C'était l'interrogatoire qui l'attendait, la torture aussi, la mort enfin, en dépit de tout ce qui lui aurait été promis contre sa « coopération ». Mais Louise ne leur laisserait pas le temps d'en arriver là. Sa main enclencha un nouveau chargeur et déjà, son œil s'alignait sur la ligne de mire. Les quatre têtes casquées apparurent dans la lunette de son fusil. Son doigt se posa sur la gâchette lorsqu'une exclamation retentit derrière elle. Elle sentit le canon d'une arme se plaquer sur sa nuque. Un soldat était parvenu jusqu'à la passerelle et la menaçait de son fusil en hurlant des mots qu'elle ne comprenait pas. Sur le visage du nazi, Louise lut tout à la fois son bonheur d'avoir capturé le tireur isolé et sa stupeur de constater qu'il s'agissait d'une femme. C'est à ce bref effarement qu'elle bénéficiait d'avoir encore la vie sauve.

Fermement, l'homme lui ordonna de lâcher son fusil et de se relever. Au moment où il tendit la main pour l'empoigner par les cheveux, Louise s'empara du couteau qu'elle gardait dans la manche et le lui planta de toutes ses forces dans le cou. Le soldat mit un genou à terre, le visage toujours aussi éberlué. Il essaya de pousser un cri mais ne réussit qu'à émettre un gargouillement. Sa gorge emplie de sang, il suffoqua avant même d'avoir pu refermer sa main sur le manche. Louise le poussa du pied, confisqua son arme et se remit en position.

Sur la voie, Claude était toujours entouré des quatre Allemands qui fouillaient ses poches. Personne n'avait entendu l'altercation de Louise avec la sentinelle. Claude avait la tête baissée, mais sa femme devinait qu'il la recherchait. Même s'il ne pouvait pas la distinguer d'où il était, il avait dû la localiser dans la pénombre car il fit un signe de tête. Malgré son cœur qui battait la chamade, Louise prit tout son temps pour ajuster l'homme armé qui se tenait le plus près de son mari. Elle bloqua sa respiration et appuya deux fois sur la détente. La cible s'écroula, touchée en plein front.

Les autres n'eurent pas le temps de réagir qu'elle en avait déjà touché un deuxième. La panique s'empara du groupe, Louise mit en joue le troisième, qui sembla soupçonner la provenance des coups de feu et se jeta sous un wagon. Profitant de la confusion, Claude s'était couché à terre pour récupérer une mitraillette. Une fois l'arme en main, il se retourna sur le dos pour riposter mais une rafale ennemie le cloua au sol. Louise entendit la détonation alors qu'elle cherchait à atteindre le soldat caché sous le wagon. Sans décoller l'œil du viseur, elle tourna son arme dans la direction de son mari qu'elle vit fauché une seconde fois par une décharge encore plus meurtrière. Elle cria si fort que l'ennemi qui venait de tirer la repéra immédiatement. Une torche braquée dans sa direction, il se mit à éructer des ordres. Au même moment Louise perçut une vibration. La mitraillette de sa victime, posée sur la passerelle, commençait à trembler. Un grondement se rapprochait ; une nouvelle cohorte d'Allemands venait d'arriver. Louise ne pourrait jamais les tuer tous, cette fois. Elle lança un dernier regard à Claude, dont la casquette porte-bonheur reposait à quelques mètres de son corps, et prit la fuite.

Parvenue en bas de la passerelle, Louise rejoignit la route principale où elle retrouva le cheminot qui leur avait ouvert l'accès aux locomotives. Parfaitement calme malgré le tumulte qui se déchaînait autour d'eux, il avait été rejoint par Fanfan, l'un des maquisards qui avaient posé les explosifs avec Claude. Fanfan avait réussi à s'échapper sans savoir qu'il était le seul survivant.

– Vous ne pouvez pas prendre le camion, il va y avoir des barrages partout. Suivez-moi, prévint le cheminot.

Ils hâtèrent le pas, sans aller jusqu'à courir. Dans le lointain, les jappements des chiens se faisaient plus forts.

– Claude ? demanda Fanfan à Louise.

Elle se contenta de secouer la tête. Il ne posa pas d'autres questions. Arrivé devant une bâtisse à la façade noircie, le cheminot frappa deux coups contre la porte, puis trois plus espacés. Sa femme les fit entrer sans dire un mot. Le cheminot les guida jusqu'à la cuisine où le reste de la famille finissait de dîner en dépit de l'heure tardive. La grand-mère, le grand-père et la sœur les suivirent du regard, tout en continuant de manger leur soupe. Le cheminot poussa la paillasse du chien pour dévoiler une trappe.

– Il faudra prévenir Chabot, dit Louise.

– Il doit venir demain. Je vous descendrai la soupe tout à l'heure.

Il ouvrit la trappe. Un escalier de bois descendait à la cave. Louise l'emprunta, suivie par Fanfan qui referma la trappe derrière lui. Le cheminot replaça la paillasse et se mit à table avec les siens, comme si de rien n'était.

Louise et Fanfan gardaient le silence, chacun allongé à une extrémité de la cave. Les patrouilles allemandes avaient sillonné les environs sans perquisitionner les habitations. Malgré tout, Fanfan était très nerveux ; il se retournait sans cesse sur le matelas crevé qui lui servait de couche et repassait dans sa tête le film des événements récents. Il sentait aussi que Louise ne dormait pas comme si elle voulait l'ignorer. Elle ne lui avait pas adressé un mot depuis qu'ils s'étaient retrouvés. Il y voyait une punition pour avoir abandonné Claude aux Allemands. C'est vrai qu'il avait eu peur, il était prêt à l'admettre. Oui, il avait d'abord pensé à sauver sa peau. Allait-il devoir payer pour cela ?

Louise l'avait toujours intimidé, depuis le premier jour où il l'avait vue et pas seulement parce qu'elle était son aînée de douze ans, non, mais parce qu'on ne lisait jamais rien sur son visage.

Elle impressionnait même les Allemands. Il se souvenait du jour où, interpellée à un barrage routier avec des pièces détachées de radio ceinturées à sa taille, elle avait été fouillée par un jeune soldat. Bien qu'ayant senti les pièces en acier sous son chemisier, il l'avait laissée passer. Fanfan s'était longtemps demandé pourquoi. Peut-être ne cherchait-il qu'un pistolet ; une grosse ceinture n'avait pas retenu son attention. Ou alors il était pressé d'en finir, car, en cette chaude fin d'après-midi, le soldat avait déjà contrôlé des centaines de personnes. Mais, pour Fanfan, il y avait une autre explication : le garde avait croisé le regard de Louise et l'impassibilité de ses traits avait su le convaincre de ne pas la retenir davantage.

Lorsque Fanfan l'avait rencontrée, Louise était infirmière à l'hôpital de Nantua. Claude et lui participaient à un coup de main sur l'établissement, afin de rapporter des médicaments et des bandages au camp de Morez. Alors qu'ils se trouvaient dans la réserve et que Claude jetait flacons et boîtes dans un grand sac, Fanfan avait entendu un bruit de pas dans le couloir. L'arme au poing, ils avaient vu la porte s'ouvrir sur cette femme au visage de madone, qui, de son air le plus inexpressif, leur avait simplement dit :

– Vous auriez pu me demander. Vous auriez gagné du temps.

Sans ajouter un mot, elle les avait conduits vers une autre salle où étaient stockés de puissants antalgiques qu'elle avait elle-même placés dans leur sac. Au moment de partir, avec dix fois plus de produits qu'ils n'en auraient espéré, Claude s'était tourné vers Louise et lui avait dit :

– Pourquoi vous ne venez pas avec nous ? Vous gagneriez du temps, vous aussi.

Trois secondes avant d'entendre Claude prononcer cette phrase, Fanfan aurait juré qu'il n'avait aucune idée de ce qu'il allait dire. C'était venu comme ça, parce que c'était elle, parce que c'était lui. Louise l'avait considéré un moment en silence, puis avait retiré sa coiffe pour les suivre. C'est ainsi que tout avait commencé, dans la nuit du 10 novembre 1942 à l'hôpital de Nantua. Deux mois plus tard, Claude faisait venir le maire qui les mariait à la ferme de Morez. Louise n'était pas croyante et avait refusé une cérémonie religieuse. Fanfan servait de témoin à Claude et Étienne à Louise. Il ne savait pas d'où elle venait ni si elle avait encore de la famille dans la région. Elle n'en parlait jamais.

– Je ne t'en veux pas, tu sais.

Toujours raidie sur son matelas, Fanfan réalisa que Louise venait de lui parler. Dans la pénombre, il la devina en train de le regarder, ses cheveux libérés lui donnant un air moins sévère.

– Tu penses que je t'en veux pour Claude, continua-t-elle. Ce n'est pas vrai. C'est moi qui devais vous couvrir, je n'ai pas été assez rapide, tout est ma faute. Essaie de dormir, demain est un autre jour.

Demain est un autre jour. Cette femme avait vu son mari se faire tuer sous ses yeux, elle en éprouvait un dévorant sentiment de culpabilité et elle réussissait à formuler : *Demain est un autre jour...* Même si elle affichait une insensibilité de façade, elle aimait Claude plus que sa propre vie et sa mort l'avait forcément dévastée. Pourtant, elle était là, à quelques mètres de lui, complètement calme et maîtresse d'elle-même. Fanfan n'avait que vingt-trois ans, mais il doutait de croiser un jour quelqu'un d'aussi unique que Louise Desfontaines.

L'avenir allait lui donner raison. Trois jours plus tard, sur le plateau d'Hotonnes, alors qu'il regagnait le camp retranché de l'Abergement, Fanfan fut surpris par une patrouille de la Wehrmacht. Pour marquer les esprits, les Allemands le décapitèrent, lui et les cinq autres maquisards qui se trouvaient ensemble ce jour-là. Ayant quitté la France la veille, Louise ne devait jamais apprendre que Fanfan avait rejoint Claude sur la longue liste des martyrs du Valromey.

– Ils ont identifié Claude. Votre photo circule dans toute la région. En restant ici, vous mettez en danger le groupe tout entier. Il va falloir partir.

Louise considéra l'homme qui venait de lui parler. Trapu, de taille moyenne, Henri Romans-Petit était le chef des maquis de l'Ain, en tout cas le seul qu'elle reconnaissait. Combattant de la Grande

Guerre, il avait été l'un des premiers à refuser l'armistice de juin 1940, sans parvenir à rejoindre Londres. Doté d'un courage et d'un panache hors du commun, il s'était illustré en organisant le coup de main sur le groupe des Chantiers de jeunesse d'Artemare, qui devait équiper le maquis en vêtements et chaussures. Plus tard, il avait nargué les Allemands en défilant avec une colonne de maquisards dans le centre même d'Oyonnax, le 11 novembre 1943.

Romans-Petit était comme un grand frère pour Claude et Louise. Il l'était devenu par la force des choses, en dépit du vouvoiement toujours d'usage entre eux. Même si elle désapprouvait l'un de ses ordres sur le coup, elle savait dans le fond qu'elle finirait toujours par lui céder. À son côté se tenait Henri Girousse, dit Chabot, le commandant du Groupement Sud, qui incluait plusieurs camps de maquisards implantés sur les plateaux d'Hotonnes et d'Hauteville. Chabot était venu les chercher, Fanfan et elle, à la maison du cheminot, aux premières lueurs de l'aube. Il savait déjà pour Claude mais n'avait rien laissé paraître de son chagrin. Ils avaient roulé tous les trois pendant plus d'une heure dans le silence le plus complet, avant de s'arrêter au camp de Corlier, auquel Louise et Fanfan appartenaient. Elle s'apprêtait à descendre de voiture lorsque Chabot lui dit soudain :

– Louise, tu continues avec moi jusqu'à Brénod. Il veut te parler.

Elle se figea, interloquée.

– Il est là-bas ?

– Il veut te parler, je te dis.

« Il » dans la langue du maquis, ça voulait dire Romans-Petit. Il les attendait plus loin, à la ferme du Fort, à Brénod. Comme tous les chefs de la Résistance, Romans et Chabot ne passaient jamais plus de vingt-quatre heures ensemble dans le même maquis. Ils s'y donnaient encore plus rarement rendez-vous. Cette fois, si les deux hommes avaient dérogé à la règle, c'est parce que la situation était grave, Louise le savait. Comme Chabot, Romans se garda de mentionner Claude lorsqu'il fut face à elle. Il évoqua leur décision d'attaquer le jour même un train que le sabotage de Bourg, s'il avait réussi, aurait neutralisé. Chabot avait encore une hésitation sur celui qui conduirait l'assaut. Quand Louise se proposa, Romans refusa net, il ne la voulait plus dans la région, son départ était irrévocable.

– Je ne pourrai plus me battre si je m'en vais, plaida-t-elle.

– Tu vas passer en Espagne, de là on te conduira dans un camp où tu attendras ton transfert en Angleterre.

Voilà qui sonnait comme la pire des sanctions. Romans enfonça le clou :

– De là-bas, vous pourrez très bien continuer le combat, Louise, ils trouveront un bon moyen de vous utiliser.

Elle secoua la tête, décidée cette fois à faire front :

– Ils me mettront dans un bureau, vous voulez dire. Alors que ma place est sur le terrain, vous le savez très bien. Après ce qui s'est passé hier, j'accepterai n'importe quoi et si vous voulez me punir, donnez-moi ce que vous avez de plus dangereux, même en solo, je n'ai plus rien à perdre. Mais ne m'envoyez pas en Angleterre !

– Personne ne cherche à vous punir, Louise. Vous ne pouviez pas savoir que l'ennemi avait doublé ses effectifs sur la gare. Ce qui est arrivé hier, Chabot et moi nous en prenons toute la responsabilité.

– Et c'est pour t'employer au mieux qu'on t'envoie à Londres. Ce que tu sais devrait beaucoup les aider.

– Mais je ne connais personne là-bas ! Comment vous voulez que j'aide qui que ce soit !

– Pierre travaille pour le SOE, il devrait savoir où t'affecter.

Louise dévisagea l'un, puis l'autre avec le même air incrédule.

– Pierre ? Pierre qui ?

– Pierre Desfontaines, ton frère.

La réponse de Chabot avait claqué à ses oreilles.

– Mon frère en Angleterre ? Mais enfin, c'est ridicule, vous ne le connaissez pas, il a les mêmes idées que mon père, en plus il est bien trop lâche pour...

Romans la coupa net :

– Un de nos agents de liaison nous a appris qu'il s'était entraîné à Londres sous les ordres d'un Pierre Desfontaines, en poste au SOE depuis février 1943. Quand avez-vous parlé à votre frère pour la dernière fois, Louise ?

Chabot la regardait avec un sourire en coin à présent.

– En décembre 1942.

Les deux hommes se lancèrent un regard complice.

– Personne n'est d'une seule pièce, Louise. Vous ne connaissez pas votre frère aussi bien que vous le pensez.

Pour la première fois, Louise ne sut quoi répondre à Romans.

Pierre

Baker Street l'avait toujours fait rêver.

Il se revoyait encore adolescent, assis dans l'escalier du château familial en train de dévorer une nouvelle aventure de Sherlock Holmes. À voix basse, Pierre répétait les noms de *Baskerville, Moriarty, Baker Street* comme autant de passeports pour le rêve.

Pour le moins, si un détective domicilié à Baker Street réussissait à neutraliser les adversaires les plus redoutables que l'on puisse imaginer, que dire alors d'un service secret qui y aurait implanté ses bureaux ? Les locaux du *Special Operations Executive* ne payaient pourtant pas de mine. D'abord installés à Caxton Street, près de Saint James's Park, ils s'étaient depuis établis sur le territoire de Sherlock en réquisitionnant d'anciens bureaux de Marks & Spencer. Ils occupaient maintenant jusqu'à six bâtiments de la rue, sous le nom de couverture d'Inter-Services Research Bureau. Pierre travaillait depuis près d'un an et demi à la section française, dite F, dirigée par le colonel Maurice Buckmaster, un homme à la lippe pendante et au flegme typiquement britannique et qui savait cerner son interlocuteur au premier regard. Pourtant, jusqu'à aujourd'hui, Pierre se flattait de lui avoir dissimulé un pan entier de sa vie et il n'en était pas peu fier.

Il se souvenait encore de sa première rencontre avec Buck. Arrivé quelques semaines plus tôt en Écosse, Pierre avait rejoint Londres où un contact lui avait parlé d'un nouveau service qui recrutait des Français : le SOE. Créé par Winston Churchill et mis en place par le ministre Hugh Dalton, le Special Operations Executive avait pour mission de mettre l'Europe à feu et à sang, en multipliant les opérations de sabotage contre l'ennemi sur le continent. Ce projet avait réveillé la fibre romanesque de Pierre qui fut l'un des premiers à se présenter à la section F, où il fut reçu par un agent recruteur du nom de Selwyn Jepson. Par une coïncidence tout à fait extraordinaire, Jepson était l'auteur de plusieurs romans d'espionnage que Pierre avait aimés, ce qui facilita d'emblée le contact entre les deux hommes. Le fait que Pierre soit un officier de l'armée française joua aussi en sa faveur et il décrocha un avis des plus favorables. Après cela, il avait eu à passer un entretien avec le chef du service lui-même : le colonel Buckmaster.

– Vous avez fait Saint-Cyr, je vois, dit Buck dans un français parfait, en allumant sa pipe.

– Oui, mon colonel.

– Tradition familiale ?

– Pas du tout, mon père était universitaire.

– Vous reste-t-il de la famille en France ?

– Mon père, oui.

– Votre mère est décédée ?

– Quand j'avais douze ans, oui.

– Des frères et sœurs ?

Après une courte hésitation :

– Non.

Buck griffonna quelques mots sur un pad.

– Qu'est-ce que vous pouvez me dire sur votre père ?

Pierre se tortilla sur sa chaise.

– C'était le recteur de l'université de Lyon... Nous y avons habité jusqu'à la mort de ma mère. Il a ensuite préféré le château familial, dans les environs de Nantua.

– Il sait que vous avez rejoint l'Angleterre ?

– Non, il l'ignore.

– Vous êtes parti sans le lui dire ?

– Disons que je suis parti après m'être disputé avec lui.

– Pourquoi vous êtes-vous disputés ?

– Mon père est très conservateur, il a toujours pensé que la défaite était légitime. D'autre part, il voue une confiance absolue à Pétain.

– Ce n'était pas votre cas ?

Pierre examinait le bureau dans lequel il se trouvait. Sur une table basse, près de la fenêtre, il pouvait admirer un jeu d'échecs. Chaque fois que Buck posait une question, il avait l'impression de le voir déplacer une pièce.

– J'avais des raisons personnelles de penser autrement.

– Lesquelles ?

Pierre prit une profonde inspiration :

– Les Allemands ont assassiné ma fiancée.

Buck nota à nouveau quelques mots sur son calepin. Pierre était épaté par sa propre audace. Les mots étaient sortis d'eux-mêmes sans qu'il ait eu à réfléchir.

Jamais plus depuis, Buck ne lui avait posé de question sur les raisons de son engagement et il y avait vu le signe que son petit mensonge avait pris. C'est pourquoi en ce matin de mai, alors qu'il entrait dans son bureau pour l'informer de la réapparition d'un radio à Meudon, Pierre sentit le sol se dérober sous ses pieds lorsque le colonel lui lança :

– Pourquoi m'avoir caché que vous aviez une sœur ?

Buck lui désigna un avis de recherche de la Gestapo, illustré d'une photo de Louise Granville, née Desfontaines.

Comme un gamin soudain pris en faute, Pierre ne put que baisser les yeux.

– Si encore elle avait rallié Vichy comme votre père, j'aurais pu comprendre, continua Buck, mais là, une résistante modèle, recommandée par le lieutenant-colonel Romans-Petit.

– C'est une très longue histoire..., bredouilla Pierre.

Buck ouvrit un dossier posé devant lui sur le bureau.

– Celle que j'ai lue est pourtant assez courte. Votre sœur a gagné l'Espagne après la mort de son mari en opérations. Claude Granville, un maquisard de premier ordre, membre du camp Corlier...

– Ça va, je connais...

– Elle est restée trois semaines au camp de Miranda. C'est là qu'elle a signifié à la Croix-Rouge qu'elle souhaitait rejoindre notre service. Notre consul lui a accordé l'extradition. Elle a quitté Gibraltar ce matin.

– Colonel, je sais ce que vous pensez, mais laissez-moi vous dire que...

– Vous n'avez jamais eu de fiancée assassinée par les Allemands, n'est-ce pas ?

Pierre se sentit rougir.

– Non, c'est vrai.

– Alors pourquoi m'avoir menti ?

– Ma vie manquait de romanesque, j'ai dû vouloir l'embellir.

– Là, c'est votre mensonge qui manque de conviction.

– Si je peux me permettre, mon colonel, je ne pense pas que Louise puisse trouver sa place dans nos services.

– Et pourquoi donc ? Vous savez comme moi qu'on manque d'effectifs à la section F.

– Ma sœur est quelqu'un de très imprévisible...

– Excellent, c'est ainsi qu'on gagne une guerre, vous le savez bien...

– Mais c'est une tête brûlée, elle refuse toute forme d'autorité.

– Très bien. On lui donnera du galon.

Pierre baissa les bras. Il était vaincu. Buck esquissa un sourire.

– Son bateau arrive en Écosse demain. Elle sera aussitôt transférée par avion à l'aéroport militaire d'Aldershot. Je compte sur vous pour la ramener ici ?

Il opina du chef et quitta le bureau.

Le jour suivant, sur la route qui le menait à Aldershot, Pierre songeait à la raison qui lui avait fait cacher l'existence de Louise à Buckmaster. Derrière les essuie-glaces qui balayaient les trombes d'eau sur son pare-brise, le visage d'Édouard Véry lui revint à l'esprit. Nés le même mois de la même année, Pierre et Édouard avaient fait toutes leurs études ensemble, puis suivi la même instruction militaire à Saint-Cyr. Au moment des fêtes de fin d'année, son ami se trouvait seul à l'internat car sa famille habitait alors outre-mer où son père occupait le poste d'officier de gendarmerie. Pierre l'invitait toujours à passer le réveillon de Noël avec eux au Bérail. Édouard était très apprécié de son père, qui le considérait pratiquement comme son deuxième fils. Il y avait fait la connaissance de Louise, puis les deux jeunes gens s'étaient perdus de vue quand elle était partie faire ses études de philosophie à Lyon. À l'époque, elle ressemblait à un vrai garçon manqué aux cheveux courts, toujours partante pour jouer au foot avec eux sur le terrain mal entretenu du château. En cette veillée de Noël 1938, Édouard ne s'attendait pas à retrouver une jeune femme à la longue chevelure et à la féminité triomphante qui l'accueillit d'un simple « Salut, Édouard, comment vas-tu ? », comme s'ils s'étaient quittés la veille. Au cours du dîner, Pierre l'avait senti rougir sous les questions personnelles de Louise. Il voyait bien qu'elle lui plaisait mais il savait Édouard trop timide pour se déclarer. Après le dîner, Pierre s'était rendu dans la chambre de sa sœur pour lui dire :

– Tu sais, je crois qu'Édouard t'aime bien.

– Je l'aime bien aussi, il est gentil.

– Non, je veux dire : je pense que tu lui plais.

Louise était en train de nouer ses cheveux en chignon, devant sa coiffeuse. Elle ne s'était même pas retournée et avait simplement répondu.

– Ah oui ? Comme c'est mignon.

Elle n'en avait pas dit davantage, mais les jours suivants, Pierre avait tout fait pour favoriser leur rapprochement. Les choses avaient suivi leur inclinaison et quelques mois plus tard, Édouard avait demandé la main de Louise à M. Desfontaines, qui la lui avait accordée.

– Je suis très heureux que tu entres dans notre famille, Édouard, et je pense que tu feras beaucoup de bien à Louise.

Car il pensait que Louise avait besoin d'être remise sur le droit chemin. Au printemps 1939, elle lui avait annoncé qu'elle n'embrasserait pas la carrière universitaire à laquelle il la destinait.

– Je n'ai pas la vocation, en plus ces professeurs sont tous tristes à mourir. Je ne veux pas devenir comme eux.

Ce que leur père interpréta tout naturellement par un « je ne veux pas devenir comme toi ». Il essaya de la dissuader à de nombreuses reprises, mais il se heurtait toujours au même mur. Louise voulait devenir infirmière, un métier qu'elle jugeait plus utile et détail non négligeable, beaucoup moins pratiqué dans la famille. M. Desfontaines comptait sur Édouard pour la persuader de reprendre la philosophie. Celui-ci lui assura que ce serait chose faite avant le mariage, début juillet. Mais la dernière semaine de juin, Louise créa de nouveau la surprise lorsqu'elle déclara ne plus souhaiter se marier avec Édouard.

Le père, la mère et les sœurs d'Édouard étaient alors arrivés de la Réunion pour le mariage. M. Desfontaines les avait invités au Bérail où le deuxième étage tout entier leur fut réservé. Au premier dîner avec la famille Véry, Pierre comprit que les choses se profilaient mal. Juste après l'entrée, Louise s'excusa et prétexta une indisposition pour aller prendre l'air. Une heure après, elle n'était toujours pas revenue. Édouard se leva de table pour aller la chercher. Sans succès. Elle ne devait réapparaître que trois heures plus tard, sans donner la moindre explication sur son absence. Ce soir-là, sur les marches du château, tandis qu'elle montait rejoindre son fiancé dans sa chambre, elle glissa à Pierre :

– Je ne crois pas que ça va marcher, tu sais.

Pierre lui demanda de s'expliquer. Elle ne répondit rien. Le lendemain matin, sa décision était prise. Après avoir prévenu Édouard, puis Pierre, elle attendit que tout le monde ait pris place autour du déjeuner pour lâcher :

– Je vous demande pardon pour le mal que je vais vous faire, mais j'ai décidé de ne pas épouser Édouard. Ma décision a été longuement mûrie et je pense que c'est mieux pour tout le monde. Je suis sûre qu'Édouard trouvera une nouvelle fiancée qui lui conviendra bien mieux. Vous verrez, un jour, vous me remercierez.

Après cela, Louise quitta le Bérail, laissant les convives sous le choc et le pauvre Édouard inconsolable. L'annulation des noces provoqua un vif émoi dans la région. M. Desfontaines jura que sa fille ne remettrait plus les pieds à la propriété, puis sombra dans une dépression qui le fragilisa jusqu'en septembre. Les parents d'Édouard prirent bien mieux la chose, convaincus que leur ex-future belle-fille était une folle qui aurait, sans nul doute, fait beaucoup de mal à leur fils. Édouard ne devait jamais se remettre de ce drame. Lors de l'entrée en guerre de la France en mai 1940, il fit tout pour rejoindre le front, malgré l'opposition de ses parents qui lui avaient trouvé un emploi sûr au ministère de la Guerre. Pierre, qui ne voulait pas le laisser partir seul, le suivit à Sedan. Dès le premier jour des combats, Édouard tomba sous le feu ennemi. Encore aujourd'hui, Pierre était convaincu qu'il avait mis fin à ses jours et en tenait directement Louise pour responsable.

Le jeune homme rentra au Bérail, il était métamorphosé. Là-bas, rien n'avait vraiment changé. Toujours sans nouvelles de Louise, son père prenait soin de ne pas mentionner son prénom. En interrogeant le voisinage, Pierre apprit que sa sœur vivait à Nantua où elle travaillait comme infirmière à l'hôpital municipal. Un moment, tenté d'aller lui annoncer la mort d'Édouard, il renonça, redoutant chez elle une indifférence qui n'aurait fait que redoubler sa colère à son égard. Si l'indignation et la rage bouillaient en lui, il n'en laissait rien paraître et pour un observateur extérieur, Pierre aurait seulement semblé résigné et amorphe. À son père, qui lui déroula un discours bien senti sur l'incompétence de l'armée française, il n'eut même pas la force de s'opposer. Pierre n'acceptait pourtant pas la capitulation. Mais, il ne cachait pas son estime pour Philippe Pétain, qui venait de signer l'armistice à Compiègne avec Hitler. Le Maréchal avait été le héros de ses années d'études, et sa visite à Saint-Cyr l'avait fortement impressionné. Avec Édouard, ils auraient été prêts à suivre cet homme jusqu'en enfer s'il avait fallu.

Mais, voilà, maintenant, ils se débattaient en enfer. Édouard était mort et Pétain ne saurait jamais les en faire sortir, Pierre avait mis plus de deux ans à le comprendre. Comme pour la plupart des conscrits, le sursaut lui vint lorsqu'il reçut sa feuille d'appel pour le STO, le Service du travail obligatoire en Allemagne. À la Noël 1942, une violente dispute l'opposa à son père, qui lui ordonna de partir sur-le-champ. Pierre était d'abord resté, malgré tout. Quelques heures plus tard dans sa chambre, il avait pris sa décision ; il quitterait la demeure familiale le lendemain.

Pierre trouva une chambre à louer à Nantua. Par Jean Daroz, l'un de ses anciens camarades cyrards, il avait entendu parler d'une filière pour rejoindre l'Angleterre. Alors qu'il avait rendez-vous avec son contact un soir de décembre, et juste avant de quitter sa chambre, il entendit cogner contre la vitre. Intrigué, il ouvrit la fenêtre. Une femme en imperméable coiffée d'un béret lui fit un signe. C'était Louise. Bien qu'il ne l'ait pas revue depuis trois ans, il la reconnut immédiatement.

– Tu ne veux pas aller en Allemagne, il paraît ? lui lança-t-elle sans préambule.

Louise avait pris place sur son lit.

– Qui t'a dit ça ?

– J'ai toujours mes antennes au Bérail, tu sais.

– Je vois.

– On m'a même dit que tu t'étais disputé avec papa, si tu veux tout savoir.

– Je croyais surtout m'être disputé avec toi. Depuis trois ans, tu n'as pas donné de nouvelles, Louise.

– Je sais. Mais je ne pouvais pas t'en donner. Je te croyais comme lui.

Pierre la regarda boire la tasse de camomille qu'il venait de lui servir. Elle n'avait vraiment pas changé.

– Moi aussi, j'ai mes antennes. Alors, tu travailles à l'hôpital de Nantua ?

– Plus maintenant, non. Il s'est passé beaucoup de choses dans ma vie ces derniers temps, tu sais.

– J'imagine. Tu as su pour Édouard ?

– Non ? Il s'est marié ?

Pierre résista à une furieuse envie de la gifler. Il se contenta d'un sourire désabusé.

– Il est mort devant moi à Sedan. Je pensais que tu l'avais appris.

– Non, je ne savais même pas qu'il avait combattu.

– Je dirai plutôt qu'il s'est laissé mourir. À cause de toi.

– Arrête, Pierre !

– Tu lui as brisé le cœur, aies au moins la décence de le reconnaître.

Elle se leva d'un bond pour l'affronter droit dans les yeux.

33

– Je ne peux pas pleurer quelqu'un qui s'est laissé mourir quand, autour de moi, des camarades meurent chaque jour en résistant !

– Des camarades ? En résistant ? De quoi parles-tu ?

Elle hésita une seconde, comme au seuil d'un aveu capital.

– J'ai rencontré un homme, Pierre, un homme que j'aime et avec qui j'ai décidé de combattre. J'étais venue te demander de nous rejoindre.

– Qui est-ce ? Je le connais ?

– Il s'appelle Claude Granville... Il était instituteur à Oyonnax.

– Granville ? Le communiste ?

– Et alors qu'est-ce que ça peut faire ? On se bat tous ensemble maintenant, non ?

Pierre ouvrit la porte et lui dit sèchement :

– Je ne me battrai pas avec un communiste. Adieu, Louise.

Elle le regarda un temps, effarée, posa sa tasse et répondit simplement :

– Je croyais que tu avais changé. Mais tu es toujours comme lui.

Elle sortit de la chambre et disparut dans la nuit. Le soir même, Pierre retrouvait Jean Darroz. Un mois plus tard, il débarquait à Édimbourg.

Pierre était maintenant arrivé. Il gara sa voiture devant le mess de l'aéroport d'Aldershot, là où Buck lui avait dit que Louise attendrait. Légèrement oppressé, il prit un moment avant de descendre du véhicule. Il n'avait pas revu sa sœur depuis cette nuit de décembre 42 et appréhendait leurs retrouvailles. Elle était veuve à présent, elle avait connu plusieurs fois l'épreuve du feu. De son côté, il avait effectué quelques missions sur le terrain en France, il avait connu la torture, échappé à la mort, mais rien qui n'égalât de près ou de loin ce que sa sœur avait enduré dans le maquis. Louise avait plus d'expérience ; mais pourtant il lui faudrait s'en remettre à lui à présent. Pierre se demandait comment l'un et l'autre vivraient cette situation inédite, car, en dépit des circonstances, il ne pouvait faire abstraction de ce sens aigu de la compétition qui, toute sa vie, l'avait opposé à sa sœur.

En entrant dans le mess, il balaya la salle du regard sans remarquer la moindre silhouette familière. Quelques militaires jouaient au billard, d'autres déjeunaient mais il ne distingua aucune femme seule. Il se retourna pour rejoindre le bar et c'est alors qu'il la vit, accoudée au comptoir, un timide sourire aux lèvres.

– Je n'étais pas sûre que ce soit toi. L'uniforme te grandit...

Son manteau marron jeté sur ses épaules, Louise portait une jupe noire, des souliers à lacets et un béret brun qui lui donnaient l'air d'une étudiante. Cette impression de douceur, qu'il aimait tant chez elle, émanait de son beau visage. Mais

Pierre la savait trop volcanique pour se laisser attendrir. Il choisit néanmoins d'être courtois.

— J'ai appris pour ton mari. Je suis désolé.

Elle hocha simplement la tête et reprit une gorgée de son thé.

— Comment tu as su que j'étais au SOE?

— Par mes chefs de maquis. J'ai été surprise. Je croyais que tu t'étais rendu. La dernière fois, tu ne m'avais pas paru spécialement combatif.

— Je ne voulais pas me battre avec vous, c'est différent.

— Tu ne voulais pas te battre avec mon mari communiste, c'est encore autre chose.

Elle vit qu'elle avait marqué un point.

— Londres finalement, continua-t-elle, c'était le meilleur moyen de t'éloigner le plus de moi et de Claude.

— Je n'ai pas compris ce que tu lui avais trouvé, c'est vrai.

— Tu n'as jamais compris que je trouve quelque chose à un homme qui ne soit pas Édouard, donc pas toi.

Elle avala sa dernière gorgée de thé et lui dit, bien en face.

— On y va?

Pierre pensa, interdit, que rien n'allait être simple.

Le retour vers Londres se fit dans un silence à peu près complet. Pierre conduisait pendant que Louise, assise sur la banquette arrière, contemplait, impassible, les ravages causés par le Blitz sur la ville. Son regard s'attarda longuement sur une librairie au toit arraché, où des Londoniens, indifférents au chaos alentour, y consultaient les ouvrages rangés dans les rayons intacts. Pierre se gara devant son domicile, une petite maison en briques rouges à un étage, à quelques rues de Baker Street. Dans le jardin envahi de mauvaises herbes, on voyait encore le panneau signalant que l'endroit n'était plus à louer. Au fond, un portique déglingué soutenait une balançoire rouillée qui grinçait à chaque souffle de vent.

Pierre la guida jusqu'à la chambre qu'il lui avait préparée à l'étage. Sur le papier peint, hideux, figuraient des moutons sautant une barrière. Un lit, un petit bureau et une chaise, accolés à une armoire, meublaient la pièce.

– Si tu as besoin d'une autre couverture, j'en ai dans ma chambre, lui dit Pierre en ouvrant la fenêtre.

Le mobilier était si dépareillé que Louise soupçonna son frère de l'avoir récupéré dans une décharge. S'il voulait lui signifier qu'elle n'était pas la bienvenue, il avait réussi au-delà de toute espérance.

– Quand m'emmènes-tu au SOE ? demanda-t-elle en déballant ses affaires.

– Demain matin. Tu as rendez-vous avec le recruteur. Il est assez folklorique, tu verras.

– Qu'est-ce qu'il va me demander ? Si je suis motivée ?

Pierre s'appuya contre le mur. Il l'observait.

— C'est juste une formalité, pour voir vers quel service ils vont te diriger.

— Quel service ?

Louise s'était figée. Le timide sourire qu'elle lisait sur les lèvres de Pierre ne lui disait rien de bon.

— Parce que je pourrais me retrouver ailleurs que sur le terrain ?

— C'est à eux d'en décider, je ne peux rien te promettre.

Elle le toisa silencieusement. Il décolla son épaule du mur et lui dit en s'engageant dans l'escalier :

— Repose-toi, tu dois en avoir besoin.

Les jours suivants ressemblèrent à ce que Louise avait redouté le plus : un repos forcé. Après un entretien assez peu excentrique, au regard des attentes que Pierre avait fait naître en elle, Selwyn Jepson la recommanda pour un travail de secrétariat provisoire, dans l'attente d'une mission qui pourrait lui convenir. Elle passa ainsi plus de deux semaines à classer des dossiers et à tailler des crayons, échangeant de temps à autre quelques banalités avec Vera Atkins, l'assistante du colonel Buckmaster, lequel restait mystérieusement inapprochable. Accablée d'ennui, Louise ne manquait jamais une occasion de quitter les locaux de la section F pour explorer les autres bâtiments du SOE, qu'elle imaginait, à tort, grouillant d'une plus grande effervescence. Elle noua malgré tout plusieurs contacts avec d'autres femmes agents en retour de mission ou en attente d'une nouvelle assignation. Fascinée, elle les écoutait conter leurs exploits avec une nostalgie pour l'action d'autant plus manifeste que leurs prouesses rendaient son oisiveté bureaucratique plus insupportable encore.

L'une de ces jeunes femmes l'impressionna vivement. Âgée de vingt-huit ans à peine, Christina Granville était l'une des plus belles filles qu'elle ait jamais vues et l'une des dernières qu'on aurait imaginées dans cet emploi. Bien que son aînée de plusieurs années, Louise se reconnaissait dans cette fonceuse qui portait le même patronyme que son mari et avait multiplié les missions les plus dangereuses en Europe comme en Afrique. Dans les Alpes italiennes, elle avait semé un détachement entier de soldats allemands lors d'une homérique poursuite à skis. Son amant, un héros de l'armée polonaise, formait avec elle un ménage détonnant qui ne pouvait que rappeler à Louise son couple avec Claude. Leurs origines mêmes étaient comparables puisque l'une comme l'autre avaient du sang noble dans les veines. Née Krystyna Skarbek en Pologne, la jeune femme appartenait à l'une de ces illustres familles qui avait repoussé les chevaliers Teutoniques hors de Pologne au xve siècle. La bague en or qu'elle portait au majeur était fendue d'un trait de fer en souvenir de ces heures héroïques. Lorsque Louise lui en demanda la signification, Christina évoqua un épisode qui avait opposé son ancêtre Jan Skarbek à l'empereur Henri II Sur le point d'envahir la Pologne, le monarque avait tenté de convaincre Skarbek de la vanité de toute résistance, en lui désignant les coffres remplis d'or qu'il destinait à son armée. Son aïeul avait retiré sa bague pour la jeter au milieu des présents et déclaré : « Que l'or retourne à l'or, nous autres Polonais préférons l'acier. »

Ce jour-là, Louise resta plus d'une heure à écouter la Dame de fer lui raconter ses aventures. Leur conversation fut interrompue quand Vera Atkins somma Louise de rejoindre sur-le-champ la section F. En lui serrant la main, Louise confia à Christina qu'elle aimerait mourir en ayant vécu ne serait-ce qu'un dixième de son existence. Elle n'imaginait pas alors ce que lui réservait un avenir tout proche.

Heindrich

Karl Heindrich s'éveilla en sursaut. Comme toujours, il avait rêvé de Liliane. La lumière filtrait par les volets de sa chambre. Il s'aperçut qu'il avait laissé passer l'heure, une fois encore.

Pourquoi Volker ne l'avait-il pas réveillé à 6 heures ? Il lui avait pourtant laissé des consignes strictes.

Il se rappela alors avoir verrouillé sa porte avant de se coucher. Volker avait probablement frappé, peut-être même avait-il essayé d'entrer.

Mais il aurait dû insister.

Après tout, Karl aurait pu être souffrant, blessé, agonisant même, pourquoi pas ? S'il lui était totalement dévoué, Volker aurait dû s'inquiéter et enfoncer la porte.

Il ne pouvait plus compter sur Volker. Il allait avoir une explication avec lui et ce dernier devrait être convaincant sinon...

Karl se ressaisit aussitôt. Il divaguait complètement. Volker était l'aide de camp le plus sérieux que l'on puisse imaginer. Heindrich était seul responsable. Cette histoire le minait depuis trop longtemps et il ne pouvait pas se laisser abattre, surtout pas en ce moment.

Il devait s'enlever Liliane de la tête. Il devait arrêter son manège avec Eddy, tout ce cirque qui ne le menait nulle part et le détournait de son travail. Aujourd'hui, il le ferait.

Karl regarda sa montre : 7 h 10. Le rendez-vous était fixé à 9 heures au quartier général de von Rundstedt, à Saint-Germain-en-Laye. Wilhelm, son chauffeur, effectuait le trajet en moins d'une heure ; il devrait donc partir à huit heures au plus tard.

Une heure pour revoir son discours. C'était largement suffisant, d'autant qu'il possédait parfaitement son sujet, von Rundstedt ne pourrait pas le ridiculiser cette fois.

Von Rundstedt. Tout en enfilant son uniforme, Karl imaginait le regard d'oiseau de proie du maréchal. Cette vieille ganache ne lui pardonnerait aucun impair, aucune imprécision. Il devrait donc frapper très fort et tout de suite ; les clouer sur place, lui et ses protégés. Karl se regarda dans la glace. Il faisait bonne impression, malgré la mauvaise nuit qu'il avait passée.

On frappa à la porte.

– Mon colonel ?

Karl reconnut la voix de Volker. D'un pas alerte, il alla lui ouvrir. Son aide de camp apparut, la mise irréprochable, comme à son habitude.

Comment faisait-il pour être toujours aussi calme et impeccable, quoi qu'il arrive ?

– J'étais un peu inquiet, je suis passé tout à l'heure et vous ne répondiez pas.

– Tout va bien Volker, dites à Wilhem que je serai en bas à 8 heures.

– Il y a cet Eddy qui a de nouveau appelé pour vous.

Karl se figea.

Eddy.

– Que voulait-il ?

– Il n'est pas entré dans les détails. Il a simplement dit qu'il avait quelque chose pour vous, et qu'il fallait absolument que vous le receviez.

Il ne voulait plus entendre parler de cet Eddy, il fallait le dire à Volker, qu'il lui interdise l'accès à l'hôtel.

Volker attendait.

– Que dois-je faire s'il rappelle, mon colonel ?

– Je n'ai pas le temps de m'en occuper, dites-lui d'attendre.

Il referma la porte en maudissant sa faiblesse.

Malgré l'heure matinale, les couloirs du Regina fourmillaient d'activité. Depuis que les services secrets des SS avaient établi leurs quartiers dans cet établissement du centre de Paris, l'hôtel ne connaissait plus jamais le calme. Karl Heindrich aurait préféré rester au Lutetia. Lorsqu'il y dirigeait l'Abwehr, il avait pu installer ses appartements à l'extérieur et avait alors profité d'une meilleure hygiène de vie. Il dormait mieux, il bénéficiait d'une coupure plus nette entre sa vie privée et son travail, ses nerfs le trahissaient moins. Et puis, le Regina lui rappelait tellement Liliane. Von Rundstedt s'en souvenait sûrement, le salaud; il avait intrigué pour le transférer dans ce nouveau lieu. Le maréchal devait savoir combien arpenter ces couloirs lui était douloureux maintenant qu'elle avait disparu.

L'ordure.

Von Rundstedt l'avait pris en grippe dès leur première rencontre. Malgré tous ses efforts pour donner le change, le vieux avait subodoré qu'ils ne venaient pas du même monde. Karl ne s'était pas méfié.

La vieille baderne lisait en lui comme à livre ouvert.

En marge d'une bonne partie du haut commandement allemand en poste à Paris, Karl ne faisait pas partie de la grande bourgeoisie, encore moins de la noblesse prussienne comme von Rundstedt. Et il en payait le prix chaque jour.

Ses parents, de modestes commerçants de Dresde, avaient encouragé ses ambitions. Mais il avait grimpé seul les échelons, à la force du poignet, sans un oncle ou un cousin pour le parrainer. Et il avait réussi. Comme ce jour où il avait appris sa nomination à Paris. Il était tellement fier. Le Führer lui avait personnellement envoyé une lettre pour le féliciter. Le Führer, qui lui non plus ne sortait pas d'un milieu aisé, avait su reconnaître sa valeur et le lui exprimer dans des mots simples et fraternels. Cette reconnaissance lui avait donné des ailes. Dès son installation dans le sublime appartement de dix pièces qu'on lui avait attribué boulevard Raspail, il avait décidé de marquer l'événement en donnant une fête inoubliable. Le Tout-Paris était là, ainsi que l'état-major allemand au grand complet ; ils étaient venus assister à son couronnement, et surtout, *pour voir Liliane.* Il se souvenait encore de leurs têtes lorsqu'elle était apparue à son bras, resplendissante dans une robe dessinée pour elle par Mademoiselle Chanel.

Ils étaient verts de rage.

Liliane, qu'ils avaient vue danser nue aux Folies-Bergère. Liliane, qui les avait tant fait fantasmer. Même von Rundstedt. Elle lui appartenait à présent. Il l'avait séduite non pas grâce à sa fortune ou à ses origines, non, mais par sa sincérité. Aucun des chacals présents à sa fête n'était prêt à le reconnaître. À leurs yeux, il était tout juste un peu plus chanceux. Vers la fin de la soirée, alors que le bonheur l'engourdissait, Karl s'était dit que le moment était venu de leur donner le coup de grâce. Les généraux et le maréchal, sur le point de partir, reprenaient leurs manteaux au vestiaire, en se chuchotant à l'oreille des mots qu'il n'entendait pas mais qu'il imaginait trop bien.

Le pauvre Heindrich, il croit que cette petite pute l'aime, mais demain, elle sera avec un autre, qu'il en profite si ça l'amuse.

Karl savait qu'ils pensaient tous la même chose. Peut-être même pariaient-ils déjà sur celui qui la lui reprendrait.

Les hyènes.

Il avait alors demandé la parole, faisant taire subitement toutes les conversations. Même Liliane, étonnée, l'avait regardé. Elle ne s'attendait pas à ce qu'il allait dire. Sans quitter von Rundstedt et les généraux des yeux, Heindrich s'était approché d'elle, et lui avait déclaré à quel point les soixante-dix-huit jours qu'ils avaient passés ensemble comptaient déjà parmi les plus beaux moments de sa vie. Comme il espérait encore en partager bien d'autres à ses côtés, il profitait de cette soirée pour la demander en mariage. Telle une enfant qui aurait reçu le cadeau qu'elle voulait depuis toujours, Liliane avait bredouillé quelques mots et répondu oui. Karl se rappelait encore les applaudissements qui avaient suivi. Ils battaient tous des mains en criant bravo, et même von Rundstedt qui ne pouvait faire autrement.

Il l'avait obligé à l'applaudir.

Les invités partis, Liliane lui avait avoué ne pas vouloir dormir à l'appartement. Elle souhaitait aller au Regina. Et pas dans n'importe quelle suite, non, mais là où ils s'étaient aimés la première fois. Dans la chambre 813, Karl s'était alors senti comme un enfant face à elle, se laissant guider par Liliane qui lui avait permis toutes les audaces, en se donnant totalement. Cette nuit-là, il s'était senti invulnérable. Et pourtant, elle marquait le début du déclin.

Après deux mois de félicité pure, le mariage devait être célébré en l'église Saint-Germain-des-Prés le 15 juin 1942, puis fêté dans les salons du Lutetia, où plus de cinq cents invités étaient attendus. Gabrielle Chanel avait confectionné une robe unique pour la mariée, que Karl découvrirait à l'église. Les parents de Liliane étant décédés, le chorégraphe des Folies-Bergère s'était proposé pour l'accompagner à l'autel. Karl avait fait venir sa mère d'Allemagne pour qu'elle entre à l'église à son bras, la tête haute, elle l'épicière de Dresde, sous le regard des hyènes. Très vite, il avait senti les signes avant-coureurs de la catastrophe. Deux heures avant de dire oui, la mariée demeurait introuvable. Ses demoiselles d'honneur, toutes danseuses aux Folies, prétendaient l'avoir perdue de vue alors qu'elle entrait dans sa loge pour y enfiler sa robe. Karl envoya aux nouvelles son cousin et témoin Ulrich, lui aussi venu de Dresde. Il mena l'enquête mais revint l'air embarrassé trois quarts d'heure plus tard : Liliane s'était évaporée. Les minutes s'égrenèrent, insupportables, jusqu'au moment fatidique où, dans une église pleine à craquer, Karl fut obligé d'annoncer que la cérémonie était annulée. Il avait croisé le regard de von Rundstedt, qui affectait une expression impénétrable alors qu'il le sentait exulter intérieurement. Les jours suivants comptèrent parmi les plus pénibles que Karl ait eu à vivre. Enfermé dans sa suite au Lutetia, il continuait de recevoir les messages de félicitations d'invités n'ayant pu être présents et qui ignoraient tout du drame. Qu'était-il advenu de Liliane ? Avait-elle pris peur au dernier moment, effrayée par l'engagement ? L'avait-elle abandonné pour quelqu'un d'autre ? Il ne pouvait y croire. Une dernière hypothèse l'obsédait : von Rundstedt et ses sbires l'avaient éliminée. Il avait beau rejeter l'idée, la considérer comme absurde, elle l'accompagnait jusqu'aux heures avancées de la nuit, quand il sombrait enfin dans un sommeil où Liliane le hantait encore.

Enfin prêt, Heindrich sortit de l'hôtel pour rejoindre la voiture. Ils gagnèrent Saint-Germain-en-Laye en moins de quarante minutes. Von Rundstedt et sa garde rapprochée prenaient encore leur petit déjeuner lorsque l'arrivée de Karl leur fut annoncée. Cordialement, ils le convièrent à partager café et viennoiseries, ce qu'il déclina poliment pour patienter dans le salon.

Interdiction de les laisser conduire, il allait seul distribuer les cartes ce matin.

Volker parut choqué par son refus, mais Karl n'éprouva pas le besoin de se justifier. Conscient que ses révélations allaient constituer son unique chance de remonter la pente, Heindrich s'était gardé par tous les moyens d'en éventer le contenu, pour s'assurer un impact maximal. Il voulait surprendre l'assemblée. Malgré les taupes de von Rundstedt planquées au Regina, Volker avait remarquablement cloisonné le dossier, Karl devait en convenir. Ses découvertes dépassaient ses intérêts personnels; elles pouvaient aussi marquer un tournant dans la guerre. Elles représentaient, à ses yeux, un vrai signe de Dieu, la compensation aux terribles déconvenues qu'il avait dû subir ces derniers mois. Il allait enfin pouvoir montrer qu'il méritait de retrouver un poste digne de sa valeur. Von Rundstedt serait obligé d'en référer au Führer lui-même et de mentionner son nom. À partir de là, tout devenait possible. Le secrétaire de la vieille ganache revint vers eux.

– Le maréchal vous attend, mon colonel.

La première photo apparut sur l'écran. Elle montrait des blocs de béton en construction qui flottaient dans ce qui ressemblait à la rade d'un port. Une baguette à la main, Karl détailla le cliché devant l'assistance.

– Cette photo a été prise il y a trois jours par un de nos avions espions. Le pilote se trouvait alors au-dessus du port de Southampton. Il a été immédiatement mitraillé et c'est un miracle s'il s'en est sorti indemne.

Au fond de la salle, Karl apercevait von Rundstedt en train de caresser son chien. Il demeurait imperturbable. Au premier rang, une main se leva pour poser une question.

– Quelles sont ces choses étranges qui flottent dans le port, on dirait des silos à grain...

Deux hyènes éclatèrent de rire. Karl les aurait écorchées vives. Il s'efforça de garder une contenance et alla même jusqu'à sourire.

– Des silos à grain défendus par la DCA ? Non, je pense plutôt que ces constructions joueront un rôle crucial dans le prochain débarquement.

Sa réponse fut accueillie par un silence glacial. Le Maréchal flattait toujours son chien.

En avait-il trop dit tout de suite ? Le vieux bouc ne réagissait toujours pas.

Karl poursuivit ses explications sur le nombre et le volume des constructions, à côté desquelles les ouvriers Anglais ressemblaient à des insectes insignifiants.

– Comme vous pouvez le voir, ces cubes au nombre de huit, sont faits de béton et l'on voit très bien à l'arrière plan des miradors de surveillance ainsi que les batteries DCA. Je ne savais pas le blé si bien protégé en Angleterre.

C'est alors que von Rundstedt sortit de sa réserve.

– Colonel Heindrich, pourquoi le gros de nos divisions est-il regroupé dans le Pas-de-Calais ?

Karl s'attendait à sa question.

– Parce que le Pas-de-Calais compte plusieurs ports dans lesquels les forces alliées pourraient débarquer facilement avec leur matériel.

Le maréchal hocha la tête.

– Et qu'il s'agit aussi du chemin le plus court entre les côtes anglaises et le continent. Or, Southampton ne se trouve pas vraiment en face du Pas-de-Calais, non ? Je vois donc mal comment vos cubes pourraient jouer un rôle dans un débarquement.

Karl ne se démonta pas.

– Permettez-moi d'insister, maréchal. Et si le Pas-de-Calais n'était qu'une diversion, et que le vrai débarquement ait lieu ailleurs ?

– Ailleurs ? Mais où ça ailleurs ?

Karl fit un signe au projectionniste. Sur l'écran apparut alors l'image d'une étendue de sable fin.

– Sur cette plage de Normandie, il y a deux jours, nos troupes ont appréhendé du matériel britannique qui appartenait de toute évidence à un géologue.

– Un géologue ? s'étonna von Rundstedt. Vous l'avez capturé ? Torturé ? Pris en photo au moins ?

Karl ignora la question et se tourna vers la troisième photo.

– Montre-boussole, relevés topographiques, échantillons de sable, l'homme a tout abandonné sur place, probablement affolé par l'approche d'une de nos patrouilles. Mais j'ai la certitude que ce géologue n'a pas pu regagner l'Angleterre.

Un silence s'installa. Von Rundstedt s'approcha de l'écran pour regarder plus attentivement le matériel photographié sur l'écran. Tout le monde retenait son souffle. Il se tourna alors vers Karl.

– Et si vos cubes et votre géologue étaient eux-mêmes une diversion désespérée de dernière minute, pour nous faire douter du débarquement dans le Pas-de-Calais ?

– Il y a un géologue, j'en suis convaincu, répondit Karl.

– Ce qui ne manque jamais de m'épater avec les SS, c'est que vous ne doutez de rien. Revenez avec du concret la prochaine fois, colonel, pas avec du sable et un jeu de constructions.

Des rires secouèrent l'assemblée. Von Rundstedt fit signe que la séance était suspendue. Les hyènes lui emboîtèrent le pas, sans un regard pour Karl.

Dans la voiture qui les ramenait à Paris, Volker se voulait rassurant.

– Je suis sûr que vous avez quand même marqué un point. Mais de vous, le maréchal von Rundstedt exigera toujours davantage, vous n'appartenez pas au même monde, vous n'êtes pas prussien.

Karl, qui n'avait pas dit un mot depuis leur départ, gardait les yeux fixés sur le paysage qui défilait.

– Nous ne sommes pas en guerre contre la Prusse, que je sache. Quoi que je fasse, ce vieux bouc ne me prendra jamais au sérieux.

Volker garda le silence un moment, comme pour méditer les paroles de Karl, avant de lui glisser à l'oreille :

– Vous pourriez contourner le maréchal...

Les paroles de Volker éveillèrent sa curiosité.

– Comment cela ?

– En vous adressant à quelqu'un qui pourrait plaider votre cause directement auprès du Führer par exemple.

Karl comprit à qui Volker faisait allusion.

– Rommel ?

– Vous savez l'estime qu'il a pour vous.

Karl se souvenait en effet du coup de fil que lui avait passé Rommel après la débâcle de son mariage. C'était le seul qui lui avait adressé un mot amical.

– Il saura vous écouter, continua Volker. Et si vous êtes convaincant, il pourra même vous arranger une entrevue à Berlin.

L'espoir renaissait dans l'esprit de Karl. La voiture déboucha sur la place des Pyramides.

– Il faut retrouver ce géologue, dit Karl en descendant du véhicule. On ne peut rien faire sans ça, c'est notre priorité, vous avez compris ?

– Entendu, mon colonel !

– Merci pour votre soutien, Volker. Je n'oublierai pas ce que vous faites pour moi.

– Je ne fais que mon devoir, mon colonel.

Volker était presque trop brillant. Tôt ou tard, il chercherait à obtenir un poste plus valorisant qu'aide de camp. Était-il vraiment aussi loyal qu'il le pensait ? Comment savoir s'il ne jouait pas double jeu, lui aussi ?

Il attendait l'ascenseur en retournant dans sa tête toutes ces questions lorsqu'une voix familière retentit soudain dans son dos.

– Excusez-moi, vous avez un moment, mon colonel ?

Un garçon de vingt ans à peine, en complet trois pièces anthracite, lui faisait face. Il manipulait nerveusement sa casquette entre ses mains. *Eddy.*

– Je me suis dit qu'en venant ici je ne pouvais pas vous rater. Cette fois, je crois que j'ai trouvé la perle rare, sans rire, vous allez adorer j'en suis sûr.

Karl fit la grimace. Eddy empestait l'eau de Cologne bon marché.

– Pas maintenant, Eddy, je suis désolé.

L'ascenseur arriva. Le groom qui se trouvait dans la cabine ouvrit les portes pour laisser entrer Heindrich.

– Bonjour, mon colonel, vous allez au troisième ?

– Oui, s'il vous plaît.

Le préposé s'apprêtait à refermer la porte lorsque Eddy s'engouffra avec eux dans la cabine.

– Mon colonel, j'ai vraiment trimé dur cette fois, ça n'a vraiment pas été simple, vous savez.

– Si c'était simple, mon petit ami, je chercherais moi-même.

– Allez au moins jeter un coup d'œil deux minutes, que je sache si je suis sur la bonne voie.

Karl le dévisageait. Il n'arrivait pas à détester ce garçon.

Sa ténacité lui plaisait. Il avait été pugnace lui aussi.

L'ascenseur s'arrêta au troisième étage. Le groom ouvrit la porte pour leur céder le passage. Mais Karl ne bougea pas d'un pouce.

– Où est-elle? murmura-t-il à Eddy d'une voix blanche.

Le garçon remit sa casquette en souriant.

– Comme d'habitude, mon colonel.

Karl les abandonna pour se rendre par l'escalier à l'étage inférieur. Là, il emprunta le couloir conduisant à l'aile de l'hôtel où les chambres n'étaient pas encore réquisitionnées. Arrivé devant la porte 813, son rythme cardiaque s'accéléra. C'était plus fort que lui, il ressentait toujours la même appréhension chaque fois qu'il revenait.

Sa main actionna la poignée. La porte s'ouvrit sans difficulté. Le cœur palpitant, il entra dans le vestibule. Les fleurs avaient été changées, et dans l'air flottait le parfum de Liliane.

Parfait. Jusque-là tout allait bien.

Il referma la porte et s'engagea dans le corridor. En passant devant la salle de bains, il vit que la lumière y était allumée.

La lumière le distrayait. Il avait demandé que tout soit impeccable. Première erreur.

Irrité, il actionna l'interrupteur pour éteindre. Ses paumes étaient moites. Il continua d'avancer et pénétra enfin dans la chambre.

La femme se tenait devant la fenêtre, immobile. Karl n'en croyait pas ses yeux. La silhouette, la coiffure, le chapeau, la robe, tout correspondait. Mais il n'avait pas encore vu le visage. Généralement, la déception et l'amertume s'engouffraient à ce moment-là. Pourquoi prendre le risque alors, pensa-t-il.

– Ne te retourne surtout pas.

Il avait parlé d'une voix douce, mais la fille se raidit néanmoins. Il se dirigea alors vers un meuble où l'on avait posé un électrophone. Il actionna le bras de l'appareil et la musique emplit l'espace. La fille semblait plus à l'aise maintenant ; elle ondulait du bassin, en accord avec la mélodie. Karl s'approcha lentement, prenant soin de ne pas la dévisager. Il se concentrait sur le chignon, qui reproduisait à la perfection celui de Liliane, la nuque bien dégagée, comme une promesse de bonheur. Il posa les mains sur ses épaules et ferma les yeux. La fragrance emplit violemment ses narines, et les images affluèrent d'un coup. Liliane, dans sa loge, le jour de leur première rencontre. Liliane à cheval à Rambouillet, Liliane sur lui enfin, impudique, dans le lit, derrière eux.

Ça marchait.

Ses bras l'enserrèrent plus fermement. Elle répondit à son étreinte. Il la sentait prête. Les yeux toujours fermés, il lui chuchota :

– Maintenant.

La voilette en se relevant lui caressa la joue. Ses lèvres trouvèrent les siennes, appelant sa langue, puis reculèrent pour mieux revenir, déposant au passage des baisers furtifs sur son menton et dans son cou. Son excitation grandissait. La fille l'embrassait plus franchement maintenant, le corps plaqué contre le sien. Leurs langues se chevauchaient avec fougue, il ne put résister à l'envie d'entourer son visage de ses mains.

La même peau. Eddy ne lui avait pas menti. Il avait trouvé la perle rare.

Les yeux toujours clos, il sentit alors les lèvres de la fille le quitter. Elle s'était accroupie et s'affairait à déboutonner sa braguette. Elle avait envie de lui et ne pouvait plus attendre. Il fronça alors les sourcils. Quelque chose le gênait.

Tout allait trop vite.

Il ouvrit les yeux.

Ce n'était pas Liliane.

Il la releva d'un coup. La fille l'attira vers lui et tenta de l'embrasser à nouveau mais il la repoussa contre la fenêtre. Il la voyait en pleine lumière maintenant, son visage était plus rond que celui de Liliane et ses yeux n'étaient pas de la même couleur. Sans un regard pour elle, il tourna les talons et quitta la chambre ; le souffle court, Heindrich s'engouffra dans l'escalier pour regagner son bureau.

Il fallait vraiment qu'il arrête ce cirque, qu'il oublie Liliane. Il avait tellement de travail, il ne devait plus se disperser !

En montant les marches deux par deux, Karl réalisa soudain que des larmes coulaient sur ses joues. En état de choc, il s'arrêta net pour sécher ses yeux à l'aide d'un mouchoir. À l'étage, des voix se firent entendre. Il frissonna. Personne ne devait le voir dans cet état. Personne ne devait savoir. Enfin calmé, il inspira profondément et avala les dernières marches jusqu'au troisième étage.

Louise

Depuis plus d'une quinzaine de jours en fonction à la section F, Louise passait l'essentiel de ses journées à taper du courrier. Elle espérait échapper à cette vie terne et morne qui ne lui convenait pas. Pierre qui se voulait rassurant, lui garantissait que Buckmaster ne l'avait pas oubliée et qu'elle devait se montrer patiente. Mais elle soupçonnait son frère d'user de son influence pour l'écarter de toute mission sur le continent. Louise en voulait aussi à Romans et à Chabot de l'avoir envoyée ici et elle cherchait un moyen de les contacter pour négocier son retour.

Puis, un matin, au petit déjeuner, Pierre lui glissa sans même la regarder :

– Buck et moi, on voudrait te parler de quelque chose tout à l'heure.

– Qu'est-ce qu'il y a ? Le courrier n'est pas bien tapé ?

– On a un problème, c'est assez urgent.

Urgent : le mot était bien choisi. Dans son bureau, Buck ne s'embarrassa d'aucun préambule :

– Combien de temps avez-vous exercé comme infirmière à Nantua ?

Désappointée, Louise regarda Pierre ; ils l'avaient convoquée pour lui proposer un poste d'infirmière ?

– Je n'ai jamais vraiment arrêté.

– Ça vous dirait de reprendre du service ?

– Je pouvais continuer à exercer en France. Je ne suis pas venue ici pour soigner des blessés.

Buck lança un regard satisfait à Pierre.

– Il s'agirait plutôt d'en évacuer un. Il est hospitalisé dans un établissement allemand, en Normandie.

Pierre restait muet. Louise fixa le colonel droit dans les yeux. Il n'avait pas l'air de plaisanter.

– Vous voulez que j'évacue un blessé allemand ?

– Plutôt un Anglais déguisé en Allemand, précisa Pierre, en ouvrant la bouche pour la première fois.

– C'est quoi, cette histoire de fou ? Je ne suis pas sûre de comprendre.

– C'est aussi ce que le malheureux a dû se dire quand il a compris ce qui lui arrivait.

Buck se leva pour faire quelques pas. Pierre prit le relais.

– Il est géologue et travaille pour nous. Il opérait sur la côte normande quand un Allemand l'a repéré. Il a dû l'abattre et enfiler son uniforme pour passer inaperçu.

Louise sentit son intérêt se raviver.

– C'est culotté de sa part.

Buck se figea soudain, l'air perdu.

– Culotté?

– Ça veut dire audacieux, précisa Pierre.

Buck avait beau parler couramment le français, il coinçait de temps à autre sur un mot ou une expression. Il se remit à arpenter son bureau.

– Audacieux... moi je dirais plutôt stupide... Les Britanniques l'ont pris pour un Allemand et la RAF l'a bombardé près de Lisieux.

– Les Allemands l'ont tout naturellement transféré dans un hôpital de la Wehrmacht à Pont-l'Évêque.

– Et qu'est-ce qu'il faisait sur la côte, votre géologue?

– Quelque chose que les nazis ne doivent surtout pas découvrir, dit Pierre.

Louise fit une moue dubitative. Elle aurait aimé en savoir plus, mais déjà Buck était passé à autre chose.

– Vous avez entendu parler du colonel Karl Heindrich?

Louise fit non de la tête.

– Il a longtemps travaillé à l'Abwehr, au contre-espionnage. Il a récemment été nommé à la direction des services de renseignements des SS.

– Et il est déjà sur la trace de notre géologue, ajouta Pierre, en contemplant sa sœur.

Louise semblait impassible, mais son esprit fonctionnait à toute vitesse.

– Et croyez-vous vraiment que je vais réussir toute seule à sortir votre type de ce guêpier, déguisée en infirmière ?

– Vous ne serez pas seule, répondit le colonel. Il y aura cinq femmes en tout, placées sous le commandement de Pierre, qui sera sur place avec vous. Un de nos agents, déjà en France, une Italienne, connue sous le nom de code Maria, vous accueillera. Pour le reste de l'équipe, Pierre et moi avons pensé à des recrues qui pourraient vous épauler. Certaines ont déjà suivi un stage commando...

Il lui tendit un dossier où figuraient les fiches signalétiques de plusieurs femmes et leur photo. Louise remarqua que des clichés provenaient de l'identité judiciaire.

– Certaines sont en prison ?

– Oui, elles pourraient d'ailleurs bénéficier d'une remise de peine si la mission était menée à bien.

– Combien de temps avez-vous prévu pour l'entraînement ?

– Deux jours de remise à niveau. Vous serez envoyées sur le terrain au soir de la deuxième journée.

– Deux jours ? Vous êtes sérieux ?

– Le temps presse, Louise.

– Le temps presse ? Je perds mon temps ici depuis deux semaines à classer des dossiers que personne ne demande et des lettres que personne ne lit, alors ne me dites pas ça !

Buckmaster réagit immédiatement, piqué au vif.

– Notre géologue a disparu il y a trois jours. La mission a été décidée hier. Elle doit commencer lundi. Si vous ne voulez pas y aller, j'ai justement du courrier en retard qui vous attend.

Louise baissa les yeux. Pierre glissa vers Buck un regard entendu qui signifiait : « Je vous l'avais bien dit. »

– Si vous êtes intéressée, j'attends vos questions.

– Vous avez dit qu'on serait cinq. Ça ne fait pas un peu beaucoup, cinq infirmières ?

– Seules, vous et Maria serez infirmières.

– Ah ? Parce qu'elles feront quoi, les autres, pendant ce temps ?

Buck se tourna vers Pierre.

– Pierre vous l'expliquera plus en détail. Je dois malheureusement vous quitter, j'ai une réunion urgente dans dix minutes. Je suis content que vous acceptiez, Louise, à très vite.

Et il sortit du bureau précipitamment. Louise ne put s'empêcher de penser qu'il s'esquivait en laissant son frère finir le sale boulot.

– Alors ? Elles sont censées faire quoi les autres ? lui demanda-t-elle, apparemment imperturbable.

Pierre s'éclaircit la voix puis entreprit de lui raconter la mission par le menu.

Louise crut d'abord à une plaisanterie. Quand elle réalisa que son frère était sérieux, elle s'énerva fortement. Pierre la laissa crier; il ne souhaitait pas entrer dans son jeu, d'ailleurs il manquait d'argument. Au fond de lui, il savait qu'elle n'avait pas complètement tort.

Une demi-heure plus tard, au mess, assise face à son frère, Louise ne décolérait toujours pas. À quelques tables de là, en train de déjeuner avec des officiers, Buckmaster paraissait quelque peu embarrassé. Louise le foudroyait du regard, en engloutissant ses frites et son poisson sans même en apprécier le goût.

– C'est vraiment l'idée la plus stupide que j'ai entendue depuis longtemps. Vous vous êtes mis à combien pour trouver ça ?

– Juste Buck et moi.

– Ça ressemble plus à tes idées.

– C'est le seul moyen pour le sortir de là, crois-moi, on a tout envisagé.

– Et nous envoyer au casse-pipe direct, vous l'avez envisagé, ça aussi ?

– Si l'on ne fait rien, plusieurs milliers d'hommes iront au casse-pipe, comme tu dis.

Louise se calma. Elle reprit une bouchée de poisson, le regard tourné vers le colonel, qui avait toujours le nez plongé dans son assiette.

– La mission a un rapport avec le débarquement, c'est ça ?

Pierre ne répondit rien, mais elle le connaissait suffisamment pour savoir que son silence signifiait oui. Sa rage l'avait quittée. N'empêche, elle trouvait toujours leur idée stupide.

– La première candidate nous attend et il vaudrait mieux ne pas arriver en retard.

– Ah bon, pourquoi?

– Elle doit être pendue à 14 heures. Avant, il faut récupérer une lettre à la chancellerie ; il sera impossible de suspendre son exécution sinon.

Louise déposa ses couverts dans son assiette et avala un verre d'eau cul-sec.

– Allons-y!

La pluie tombait à verse sur la prison de Luton. Dans la cour, un gibet avait été dressé. Au pied de l'échafaud, le bourreau attendait, les bras croisés, en compagnie d'un prêtre et d'une femme de trente ans qui, les mains et les pieds enchaînés, commençait à montrer des signes d'impatience.

– Ben, qu'est-ce qui se passe encore? Pourquoi on n'y va pas? C'est qui, ces deux-là?

Plus loin, abritée sous un parapluie, la directrice de l'établissement pénitentiaire parlementait avec Pierre et Louise, trempés jusqu'aux os.

– Je ne comprends pas pourquoi l'exécution est annulée, cette femme est une meurtrière irrécupérable.

– Le dossier est classé confidentiel, madame, je ne peux pas vous en dire plus.

Elle parcourut une fois encore la lettre qu'ils lui avaient apportée, la glissa dans sa poche d'un air résigné, et annonça l'arrêt de l'exécution. La condamnée en resta la première bouche bée.

— Ah! ben, on n'est jamais à l'abri d'une bonne nouvelle.

Quelques minutes plus tard, Pierre et Louise la retrouvèrent dans sa cellule.

— Jeanne Faussier? On voudrait s'entretenir avec vous. Je m'appelle Pierre Desfontaines, voici Louise Granville.

Louise frémit légèrement. Pour la première fois, son frère la désignait par son nom de femme mariée. Elle en fut touchée. Jeanne les examinait tout en finissant de se changer.

— Alors, c'est à vous que je dois d'être encore là. Vous êtes sûrs que vous vous êtes pas trompés? Parce que j'ai quand même buté quelqu'un moi.

— Votre mac, je n'appelle pas ça « quelqu'un », rétorqua Louise.

Jeanne lui sourit.

— Personne m'a jamais forcée à faire quoi que ce soit, chérie!

— Justement, continua Pierre. Si vous refusez notre proposition, l'exécution pourrait très bien n'être qu'ajournée.

— Ben tiens, nous y voilà! Je me disais bien aussi, fit Jeanne dégoûtée. Et c'est quoi la proposition?

Louise prit le relais :

— On a besoin de vous pour une mission en France. Une mission dangereuse.

– Ah! En France? Il faut aller baiser quelqu'un, j'imagine. Qui? Le Maréchal? Je vous préviens, j'ai jamais fait les vieux, ça m'a toujours débecté.

– D'après nos renseignements, reprit Pierre, vous avez été danseuse nue dans un cabaret de Soho.

Jeanne éclata de rire.

– Je le crois pas ça! Vous avez besoin d'une fille qui lève la patte?

– Répondez à la question.

– Ouais, j'ai fait ça, c'est vrai, comme j'ai fait plein d'autres trucs, mais pour venir me chercher, moi, faut que vous ayez le couteau sacrément sous la gorge.

Pierre fixa sa sœur. Il était à deux doigts d'imploser.

– Il nous faut aussi une fille capable de tuer, dit alors Louise, toujours impassible.

– Et ça me rapporte quoi à moi, votre truc, à part de pas me faire zigouiller aujourd'hui?

Pour Pierre, ce fut la phrase de trop.

– Non, mais tu t'attends à quoi? Tu crois que c'est toi qui vas dicter tes conditions, maintenant?

– Pierre, calme-toi. Excusez-le. Il est un peu à cran.

– Ça va, je sais ce que c'est, dit Jeanne. Mais bon, pour tout vous dire, j'ai pas trop confiance dans votre affaire. Je la sens pas. Mais merci d'avoir pensé à moi.

Elle se mit à crier en direction des gardes.

– Allez, appelez la directrice, on y retourne !

Louise se surprit alors à l'empoigner par le bras.

– Tu vas crever comme une pute à qui la vie n'a jamais laissé le choix, c'est vraiment ce que tu veux ? Moi, je te propose de choisir. Avec moi tu pourras partir sans rien regretter et peut-être rentrer la tête haute. Si la mission réussit, non seulement tu seras graciée, mais tu seras même décorée.

Les mots, comme sortis d'eux-mêmes, touchèrent Jeanne droit au cœur.

– Toi, au moins, tu sais parler aux femmes.

Pierre leva les yeux au ciel, exaspéré. Pour la première fois depuis longtemps, Louise se surprit à sourire.

Quelques heures plus tard, Pierre et Louise se réchauffaient chez Berlemont, un pub londonien fréquenté par de nombreux cadres du SOE et des FFL, où Pierre avait ses habitudes. Il avait fixé rendez-vous à leur candidate suivante, une dénommée Gaëlle Lemenech. Pierre n'arrivait pas à se calmer. Jeanne l'avait mis hors de lui et Louise plus encore.

– Elle est complètement psychopathe, jamais on ne pourra lui faire confiance, tu entends ? C'est une dingue, tu n'as pas vu ? Je ne comprends pas pourquoi tu t'es obstinée.

– Elle avait la corde au cou et elle nous a dit non. Je n'en connais pas beaucoup qui auraient eu ce cran, même des folles. Pour la prochaine, s'il te plaît, tu me laisses parler, je préfère.

Pierre la défia et se leva d'un bond, sa bière à la main.

– Mais qu'est-ce qui te prend, où vas-tu ? demanda Louise.

– Je te laisse faire toute seule, pour voir, puisque moi je ne sais pas parler aux femmes.

– Ce n'est pas ce que j'ai voulu dire.

Mais Pierre était déjà parti retrouver des collègues en uniforme qui l'accueillirent à bras ouverts. En soupirant, Louise vit de solides gaillards, passablement éméchés, la désigner à son frère avec des sous-entendus faciles à décrypter. Elle le vit aussi secouer négativement la tête et former avec ses lèvres les mots « *she's my sister* », ce qui ne les calma pas, bien au contraire. Un géant d'au moins un mètre quatre-vingt-dix vint lui proposer de se joindre à eux. Elle déclina poliment, prétextant un rendez-vous professionnel. Dépité, il se présenta néanmoins, lui laissa sa carte et l'invita à prendre un verre le jour où elle serait moins occupée. Dans un français très approximatif, il ajouta :

– Dépêche-vous, parce que demain peut-être je suis mort.

Elle ne sut quoi répondre. L'homme lui sourit avant de rejoindre le comptoir, où il échangea quelques mots avec un Pierre plutôt amusé. Louise lut le nom sur la carte : John Forbes. Il lui était sympathique et elle avait apprécié qu'il n'insiste pas lourdement. Le rappellerait-elle un jour ? Elle n'en avait pas la moindre idée.

Depuis la mort de Claude, son attention ne s'était fixée sur aucun homme, ne serait-ce qu'une seconde, et elle n'avait pas répondu à la moindre invitation. Pourtant, sur le bateau qui l'avait transportée jusqu'ici, ou dans les rues de Londres, les occasions n'avaient pas manqué. Tout désir semblait l'avoir quittée. Son corps était comme anesthésié. Louise se rappelait la dernière fois où elle avait fait l'amour avec Claude à la ferme de Morez, la veille de l'opération de Bourg-en-Bresse. Fanfan et les autres étaient sortis en reconnaissance, et le couple, enfin seul, avait échangé un même regard plein d'amour et d'envie. Ils n'avaient pas eu beaucoup d'occasions de se témoigner le désir qu'ils éprouvaient l'un pour l'autre, alors, si la mission devait mal tourner, ils emporteraient au moins ce souvenir avec eux. Même si Louise avait connu de nombreux hommes avant son mari, elle n'avait jamais eu de révélation physique particulière. Pourtant ce matin-là, à Morez, malgré la tension, malgré la fatigue, Louise avait éprouvé une excitation si vive qu'elle avait dit à Claude vouloir le sentir en elle, maintenant. L'émotion intense et indescriptible qui l'avait envahie alors l'avait au bout du compte laissée sans force et attristée. Car si demain elle mourait, elle ne pourrait plus jamais revivre ce plaisir intime et insoupçonné qu'elle découvrait si tard.

– Vous êtes mon rendez-vous ?

Plongée dans ses souvenirs, Louise n'avait pas remarqué la jeune femme qui s'adressait à elle.

– Je suis Gaëlle Lemenech.

– Je vous demande pardon, j'étais ailleurs. Comment allez-vous ? Je suis Louise Granville.

Louise désigna la place vide en face d'elle. La jeune femme, âgée d'à peine vingt et un ans, l'étonna par la fermeté de sa poignée de main. Louise admira l'énergie qui émanait d'elle.

– Excusez-moi pour le retard, mais c'est la faute du Général, il ne nous libère pas toujours à l'heure.

Un caporal du FFL longea leur table pour venir saluer Gaëlle.

– Salut, Binette, tu fais aller ?

– Comme je peux, Pioche, prends soin de toi.

Louise fronça le sourcil.

– Binette ? Pioche ?

– Pardon, c'est une coutume dans notre section aux FFL. Nous utilisons tous des noms d'outil ; au départ ils m'avaient appelée Râteau mais je trouvais que le surnom faisait un peu perdant. J'avais pas envie qu'il me porte malheur, j'ai bien fait, vous croyez pas ?

Amusée, Louise acquiesça. Gaëlle était arrivée depuis moins d'une minute et elle l'aimait déjà. La jeune femme, qui semblait affamée, cherchait des yeux le serveur. Elle croisa alors le regard de Pierre, qui observait toujours Louise depuis le bar, un sourire aux lèvres. Un garçon vint prendre sa commande.

– Vous désirez, mademoiselle?

– Je vais prendre des poireaux à la vinaigrette, un bifteck avec des frites, un baba au rhum, une bière et un café noir.

Louise remarqua une petite chaîne en or autour de son cou, au bout de laquelle pendait une croix dorée en médaillon. Scientifique et croyante, la jeune femme ne s'embarrassait d'aucun paradoxe, ce qui là encore n'était pas pour lui déplaire.

– Qu'est-ce que vous faites chez de Gaulle à part former des saboteurs? Vous avez déjà été envoyée en mission sur le terrain?

– Non, et c'est mon seul regret, répondit Gaëlle. Fabriquer des bombes sans les faire exploser, c'est un peu frustrant à la longue, c'est comme faire la moitié du travail.

– Avec moi, vous pourrez aller jusqu'au bout. Je vous propose de partir en France.

Gaëlle eut un air interdit. À ce moment-là, le serveur lui apporta ses poireaux à la vinaigrette. Elle déplia sa serviette et, sans plus attendre, se jeta sur son repas.

– Pardonnez-moi, je commence car je meurs de faim.

– Répondez-moi quand même et vous serez toute pardonnée.

– J'adorerais retourner en France, mais je suis désolée, je ne peux pas. Mon patron c'est de Gaulle, pas Churchill. C'est une question de principe.

Louise ouvrit de grands yeux.

– De principe ? Mais enfin, si vous saviez que j'étais du SOE, pourquoi êtes-vous venue ?

Gaëlle lui jeta un coup d'œil innocent.

– Parce que je ne refuse jamais une invitation à déjeuner.

Louise savait qu'elle était la fille qu'il lui fallait, ses états de service la décrivaient comme la meilleure experte en explosifs de Londres, capable de confectionner une bombe avec pratiquement rien. Elle n'allait pas la laisser filer comme ça. Tout en finissant ses poireaux, Gaëlle remarqua Pierre qui jetait des coups d'œil furtifs à Louise depuis le bar.

– Si je peux me permettre, Louise ?

– Quoi donc ?

Gaëlle se pencha en avant et lui chuchota :

– Je crois que vous avez un ticket sérieux avec l'officier là-bas.

– Qui ça ?

– Au bar, le lieutenant en train de fumer. Je serais vous, j'hésiterais pas. Demain, on sera peut-être tous morts.

Louise n'en revenait pas. À croire qu'ils avaient tous la même phrase à la bouche par ici. Elle tourna la tête vers Pierre, qui leur fit un grand sourire.

– Bon sang, le sourire qu'il a! Vous avez vu comme il est craquant? reprit Gaëlle, surexcitée.

Louise eut alors une idée. Elle pria la jeune femme de l'excuser une minute et quitta la table pour rejoindre le bar. Gaëlle la vit discuter avec le beau lieutenant. De sa place, elle ne pouvait pas entendre leur conversation, mais très vite elle vit le visage du jeune homme se crisper. Visiblement, il n'appréciait pas la manière dont Louise l'abordait.

Pierre avait du mal à se contenir.

– Tu te rends compte de ce que tu me demandes?

– C'est le seul moyen, je le sens. Je me trompe peut-être, mais au moins on aura tout tenté.

– Pourquoi tu t'accroches à celle-là? On dirait une gamine, regarde-la!

– La gamine est une chimiste hors pair, elle parle parfaitement l'allemand et elle est arrivée première à son stage commando.

Pierre marqua une pause. Il considéra Gaëlle qui attaquait son steak et ses frites. Elle lui adressa un large sourire.

– Il n'empêche, c'est humiliant, fit-il en écrasant sa cigarette.

– Je t'ai connu moins difficile.

Sans rien ajouter, Pierre s'avança vers Gaëlle. Quinze minutes après, ils quittaient le restaurant ensemble.

22 heures sonnèrent à l'horloge du salon. Son timbre, pensa Louise, était semblable à celui du Bérail. Elle soupçonna son frère d'avoir choisi cette pendule précisément parce qu'elle lui évoquait le château familial. Ce détail résumait bien la personnalité de Pierre dont la devise aurait pu être « aller de l'avant sans oublier la tradition » quand celle de Louise tenait de la politique de la terre brûlée. En cela, elle s'accordait parfaitement avec l'image du SOE dont Churchill disait qu'il l'avait créé pour mettre l'Europe « à feu et à sang ». Ses paupières la brûlaient. Elle réalisa qu'elle lisait maintenant depuis plusieurs heures, à la seule lumière d'une lampe de chevet. Allongée sur le canapé, les dossiers remis par Buckmaster éparpillés sur les coussins, elle avait passé la soirée à parcourir les profils des candidates proposées par la section F. Buck avait personnellement pris la plume pour en recommander une, manière déguisée de leur forcer la main.

Elle regardait la photo de la fille en question, Suzy Verdier, vingt-sept ans, actuellement en poste aux FANYS, le service des bénévoles aux premiers soins. Sa beauté exceptionnelle constituait un atout indéniable pour leur mission, surtout depuis que Louise en connaissait tous les aspects. En revanche, les photos jointes au dossier dévoilaient un autre pan de sa personnalité. Sur un cliché daté du 28 février 1942, elle posait en robe au décolleté plongeant, au bras d'un officier nazi, dans une soirée parisienne. Sur une autre photo, en costume de meneuse de revue cette fois, elle invitait le même officier à venir la rejoindre sur scène. Une fiche de renseignements supplémentaires révélait le vrai nom de Suzy : Liliane Rosay. On y indiquait aussi qu'elle avait quitté précipitamment la France deux ans plus tôt pour des raisons inconnues. Pourquoi le colonel leur conseillait-il l'ancienne maîtresse d'un Allemand pour faire partie de l'opération ?

Un véhicule se gara devant la maison. Louise releva la tête et vit son frère descendre de la voiture, l'air complètement hagard. Elle ne l'attendait pas si tôt, quelque chose avait-il mal tourné avec Gaëlle ? Lorsqu'il entra avec son air des mauvais jours, elle se dit d'emblée que tout était perdu. Pierre referma alors la porte et dit simplement :

– C'est bon, elle en sera.

Louise sentit la tension l'abandonner. Il retira son blouson pour le suspendre à un perroquet qui n'était pas sans évoquer, là encore, leur Bérail natal.

– Ça n'a pas été trop dur ?

Elle s'en voulut d'avoir posé la question ainsi, mais il ne sembla pas s'en formaliser.

– L'écouter raconter les scouts à Quimper, le fiancé au STO, le mariage annulé, la force que lui donne Jésus, oui c'était dur. Je ne suis pas resté, d'ailleurs, parce qu'elle aurait pu continuer comme ça toute la nuit.

– Et elle ne l'a pas mal pris ? Que tu ne restes pas ?

– Parce qu'il aurait fallu que je reste, en plus ? Elle a accepté, ça ne te suffit pas ?

Et sans ajouter un mot, il traversa la pièce pour s'enfermer dans sa chambre.

Pierre

Pourquoi avoir hébergé Louise chez lui ? Lentement mais sûrement, elle réaffirmait son emprise sur lui. Pierre ne digérait toujours pas l'épisode de Luton. Partir en mission avec la pute psychopathe n'avait aucun sens et il craignait une grossière erreur. Devait-il en parler à Buck ? Non, il devait résoudre ses problèmes seul, comme il l'avait fait quand il avait quitté le Bérail.

Avec Gaëlle aussi, il devrait remettre les pendules à l'heure, car il s'était comporté de manière ignoble. Pourquoi avoir évoqué des envies de mariage et d'enfants dès le premier soir ? Pourquoi lui avoir fait miroiter qu'elle pouvait être celle qu'il attendait ? Rien n'était plus faux, plus étranger à ses préoccupations. Elle l'avait cru avec son air de « ravi de la crèche », ce qui avait augmenté son mépris et sa jouissance à la manipuler. Car il avait éprouvé du plaisir à la voir mordre à ses mensonges les plus gros. Dominé par sa sœur, il se montrait sadique envers une innocente. En d'autres termes, la faute en revenait à Louise s'il avait agi comme un salaud, bien malgré lui. Sa sœur faisait jaillir le pire de lui-même.

Pierre ruminait ses soucis alors que sa voiture roulait vers le quartier général des FANYS à Westminster. Assise à son côté, Louise continuait de parcourir la fiche de Suzy, leur prochaine candidate.

– Pourquoi Buckmaster nous recommande-t-il cette fille, tu as une idée?

Il esquissa un sourire des plus innocent. Buck avait été très clair : Louise n'avait pas besoin de tout savoir. Il n'allait donc lui dire que le strict nécessaire.

– Il paraît que c'est une artiste, une pure, ça tombe plutôt bien, non?

– Une danseuse qui a fui la France sous un faux nom, tu appelles ça une pure artiste, toi? relança-t-elle.

– Elle dansait aux Folies-Bergère. Ta pute de Luton, elle ne peut pas en dire autant. Et puis elle est assez belle, tu ne trouves pas?

– Si, elle est peut-être l'une de ses anciennes maîtresses, tu ne crois pas?

– De Buck? Qu'est-ce qui te fait dire ça?

– Elle couchait avec des Allemands en France, pourquoi pas avec des Anglais en Grande-Bretagne?

– Je vois mal Buck envoyer l'une de ses ex risquer sa vie en mission.

– Ah bon? Toi, tu envoies bien ta sœur, pourtant...

Pierre accusa le coup. Elle le provoquait de nouveau. Il ne devait pas s'énerver.

– C'est toi qui voulais partir, je te signale.

– Je sais, je te taquinais.

Elle l'examinait tendrement maintenant. Il fallait qu'il se méfie.

Les FANYS formaient un corps de civiles bénévoles dont les membres participaient toutes à l'effort de guerre, sous des formes très variées. Elles conduisaient des ambulances, ou tenaient des hôpitaux de campagne, assuraient des transmissions radio, ou déchiffraient des codes. Certaines encore étaient parachutées en France par le SOE et ne revenaient pas. Suzy ne faisait rien de tout cela. Depuis son arrivée à Westminster, elle occupait un emploi de bureau obsolète qui lui laissait beaucoup de temps libre. Ayant elle-même enduré les déconvenues de l'oisiveté forcée, Louise ressentit une empathie immédiate pour elle. Mais Suzy ne se plaignait en rien de son sort.

Sa beauté était extraordinaire. Les photos étaient impuissantes à restituer la luminosité très particulière qui se dégageait de sa peau et de ses yeux. Bien qu'affublée du calot et de l'uniforme fabriqués dans un mauvais tissu, Suzy relevait de l'apparition quasiment céleste. Mais cet ange n'était pas une sainte, son dossier était là pour le leur rappeler. Le son de sa voix les stupéfia aussi.

Louise et Pierre sentirent se briser le charme irréel que son arrivée avait suscité dès qu'elle ouvrit la bouche.

– C'est pas possible, je le crois pas !

Suzy considérait avec émerveillement les deux paris-brest que Pierre venait de déballer devant elle.

– C'est mon gâteau préféré ! Comment vous avez su, vous êtes devins ou quoi ?

– On est juste bien renseignés, précisa Pierre.

Un frémissement la parcourut. Le ton de sa voix se métamorphosa. Elle se tenait sur ses gardes maintenant.

– Renseignés sur moi ? reprit-elle. Et en quel honneur ?

– Une jolie femme qui ne prend jamais un gramme malgré son appétit, avouez que ça intrigue, non ? précisa Louise. À plus forte raison quand elle vit à Londres depuis plus d'un an et demi sous une fausse identité...

– D'ailleurs, c'était joli, Liliane, je me demande si ça ne vous allait pas encore mieux ? ajouta Pierre, enfonçant le clou.

Suzy recula. Elle ressemblait à un animal prêt à bondir. Louise posa le dossier de Suzy sur le bureau.

– Une enquête révèle que vous avez été la maîtresse d'un officier allemand, du temps où vous dansiez aux Folies-Bergère, en 1942. Rien que pour cette raison, vous pourriez être fusillée.

– Nous avons retrouvé les bans de publication du mariage, ajouta Pierre. La cérémonie n'a jamais été célébrée, pourquoi ?

– Levez-vous et retirez cet uniforme, vous êtes indigne de le porter.

Suzy jaillit de sa chaise pour s'élancer vers la porte. Pierre lui barra le passage et la plaqua contre le mur. Louise fit un geste pour le retenir, mais il la garda à distance.

– Celle-là, tu me la laisses.

Il pouvait sentir le corps prisonnier de Suzy trembler comme un insecte cloué sur une planche. Les yeux plongés dans les siens, il se surprit à ressentir le même plaisir qu'avec Gaëlle, d'autant plus que Louise, cette fois, l'observait. Soudain honteux de son comportement, il relâcha son emprise.

– Pourquoi vous m'avez laissée tranquille jusqu'à maintenant si vous saviez ? bredouilla Suzy.

– Parce que c'est aujourd'hui qu'on a besoin de toi.

– Pour quoi faire ?

– Un petit saut de quarante-huit heures dans la mère patrie, pour la bonne cause, tu ne vas pas te faire prier...

– Jamais je ne retournerai en France ! J'ai tiré un trait sur mon passé, j'ai rompu mes fiançailles, ça ne vous suffit pas ?

– C'est ça où le tribunal militaire, tu choisis.

Suzy acquiesça, avant de s'affaisser le long du mur, le visage enfoui dans ses mains. Pierre remit sa mèche en place et fit face à Louise, qui lui jeta un regard noir. Elle le détestait d'avoir ainsi humilié Suzy, il le savait, mais il se sentait mieux à présent. Il avait rétabli l'équilibre des forces.

Le lendemain matin, un bus vint chercher Pierre et Louise au 64, Baker Street. À son bord se trouvaient déjà Gaëlle, Jeanne et Suzy, chacune assise à bonne distance. Suzy s'était éloignée le plus possible des deux autres. En voyant monter Pierre, Gaëlle se leva, rayonnante, mais il l'ignora et fila s'asseoir au fond du véhicule. Louise choisit de rester à l'avant. Le bus redémarra. Jeanne attendit quelques secondes avant de demander :

– On peut savoir où on va ?

Louise ne voyait aucune raison de le lui cacher.

– À Beaulieu, dans le New Forest, un camp d'entraînement du SOE.

– Et on va faire quoi là-bas, jouer au petit soldat ?

– En quelque sorte, oui.

– On ne sait toujours pas ce qu'on va faire en France.

– Tu le sauras assez tôt, ne t'inquiète pas.

– Le type là, c'est vrai que c'est ton frère ?

De sa place, Pierre voyait sa sœur discuter avec la prisonnière de Luton. Aux coups d'œil furtifs que lui glissait cette dernière, il devinait qu'elles

parlaient de lui. Jeanne devait demander si sa présence était indispensable, et Louise, tout en pensant le contraire, répondait oui. Il sentait que
Gaëlle continuait de l'observer, avec cet air inquiet
qu'ont les femmes quand elles se rendent compte
qu'on leur a menti. Que pouvait-elle faire? Se
lever brusquement et demander l'arrêt du bus en
le traitant de goujat? Cette riposte ne correspondait pas à son tempérament, et il pensait qu'elle ne
ferait pas de problème. Néanmoins, elle l'affronte-
rait sûrement à Beaulieu. Comment réagirait-il?
Rien que d'y penser, son estomac se noua et il eut
envie de disparaître. Dans ces moments-là, il
enviait le détachement de sa sœur, cette froideur
qu'elle affichait dans les situations les plus drama-
tiques. Entre le sentiment et le devoir, elle choisis-
sait sans aucun état d'âme. Il ne savait pas encore
faire ça. Jouer au dur ne lui réussissait décidément pas.

Malgré leurs différends, Pierre jugea avec
Louise que cette remise à niveau au camp de
Beaulieu ressemblait à un entraînement d'opé-
rette. Qu'allaient-ils pouvoir apprendre en deux
jours à des filles qui, pour la plupart, n'avaient
jamais tenu une arme ni sauté en parachute?
Techniquement, sûrement pas grand-chose, mais
les jeter à l'eau sans même leur avoir accordé un
moment pour mieux se connaître aurait été
encore plus suicidaire. Pierre comprenait bien que
la réussite de la mission dépendait beaucoup de

Suzy et Jeanne. Or personne ne leur avait encore parlé de leur rôle et il redoutait leur réaction. Que faire si elles s'avéraient incapables d'exécuter ce qu'on leur demandait ? Il n'éprouvait pas d'inquiétude pour Suzy, très professionnelle, mais le caractère imprévisible de Jeanne le remplissait d'effroi. Un autre aspect de la mission l'alarmait ; le choix de Suzy par Buck ne relevait pas du hasard. Même si Louise soupçonnait quelque chose, Pierre était le seul à savoir que l'opération comporterait un second acte.

Le bus était ralenti par des travaux sur la route. Jeanne commençait à trouver le temps long. Elle se tourna vers Gaëlle, assise derrière elle.

– Au fait, on s'est pas présentées. Comment tu t'appelles ? lui demanda Jeanne.

– Gaëlle Lemenech.

– Moi c'est Jeanne. T'es d'où, Gaëlle ?

– De Quimper, et toi ?

– Bourguignonne, mais tu connais pas le nom du patelin, ça te dira rien, c'est trop paumé. Heureusement pour moi, j'en suis vite partie. Qu'est-ce que tu faisais à Quimper, tu tapinais aussi ?

Devant l'effarement de Gaëlle, Louise lui signifia de rester calme.

– Non, j'étais chimiste.

Jeanne la considéra d'un air dubitatif, comme si Gaëlle avait répondu dans une langue étrangère. Elle n'insista pas et se déplaça pour s'intéresser à

Suzy, qui depuis le départ se faisait des plus discrète.

– Salut, moi c'est Jeanne. Tu t'appelles comment ?

Sur ses gardes, Suzy hésita avant de lui serrer la main.

– Suzy, enchantée.

– Tu viens d'où, Suzy, qu'est-ce que tu faisais avant ?

– Qu'est-ce que ça peut vous faire d'où je viens ? Et je n'aime pas qu'on me tutoie, je vous préviens tout de suite.

– Oh ! là ! Faut pas s'énerver ma belle, on est toutes logées à la même enseigne. Qu'est-ce qui te fait croire que tu vaux mieux que moi, d'abord ? T'as buté qui ? Tiens, on va comparer, moi c'était mon mac, et toi ?

Suzy resta interdite. Pierre eut l'impression qu'elle allait éclater en sanglots.

– Alors ? s'impatienta Jeanne.

– Laisse-la tranquille, tu ne vois pas que tu la déranges ? s'écria Pierre.

Jeanne poussa un soupir et retourna à sa place.

– Trois jours avec ça, ça va être gai.

Le reste du trajet se fit dans un silence complet.

Le camp d'entraînement de Beaulieu se trouvait au cœur du Hampshire sur les terres de la famille Montagu, qui y possédait un château. Arrivées juste avant midi, les filles furent agréablement surprises par le cadre, assez peu militaire. Elles déchantèrent rapidement quand on les présenta à leur instructeur chargé de les initier au maniement des armes et au saut en parachute.

À la grande surprise de Pierre, Gaëlle ne chercha pas à avoir une explication avec lui. Pas une fois au réfectoire ni pendant l'instruction, il n'avait croisé son regard. Son intérêt pour elle, alors au plus bas, en fut curieusement ranimé.

Une maquette de l'hôpital militaire, qu'ils devraient investir, avait été installée dans le grand salon, d'après les indications fournies par Maria qui se trouvait déjà sur place. Le commando s'assit autour du modèle sous l'autorité de Pierre, qui commença la présentation de la mission.

– Il y a au Havre un cabaret, La Femme et la Bière, spécialisé dans les numéros de danse. Une représentation sera donnée à l'hôpital dans trois jours à la demande du directeur pour distraire les blessés. Pendant que Louise et Maria infiltreront la place déguisées en infirmières, les autres pénétreront dans les lieux à bord du véhicule du cabaret qu'elles auront intercepté. Jeanne et Suzy prendront la place des danseuses, Gaëlle celle de l'habilleuse et moi celle du chauffeur. Il y aura deux autres hommes avec nous.

Pierre expliqua alors plus précisément à chacune quel serait son rôle. À Gaëlle, il désigna les voitures qu'elle aurait à plastiquer, à Louise la chambre où le géologue était alité. Il arriva très vite aux rôles de Suzy et Jeanne.

– Pendant que Louise et Maria évacueront le blessé au premier étage, Suzy et Jeanne occuperont les Allemands en faisant leur numéro sur scène.

Jeanne fronça un sourcil.

– Notre numéro, c'est-à-dire ?

– Vous allez exécuter un numéro dansé si spectaculaire qu'il devra attirer tous les hommes en armes présents dans l'établissement.

– Avec elle ? reprit Jeanne en désignant Suzy. Je vous signale qu'elle n'a même pas voulu me dire d'où elle venait, alors danser avec moi vous n'y pensez pas, très cher.

– C'est bon, pas la peine d'en rajouter, protesta Suzy.

– Combien de temps il doit durer, le numéro ?

– Environ vingt minutes. Il sera réglé à la seconde près.

– Et vous voulez que tous les mecs de l'hôpital nous regardent pendant vingt minutes ? interrogea Jeanne.

– Qu'est-ce que vous comptez nous faire faire pour ça ? reprit Suzy.

– Un numéro de strip-tease, avoua Pierre, presque honteux.

Il y eut un blanc. Louise baissa la tête. Gaëlle resta bouche bée, comme Suzy, tandis que Jeanne éclatait de rire.

– C'est ça, votre idée géniale ?

Suzy sursauta.

– Ça ne marchera jamais. Ils ne tiendront pas vingt minutes, et nous non plus. Je sais de quoi je parle, j'ai commencé par des strips et dix minutes, déjà, c'est très long.

– Vous ne ferez pas que vous déshabiller, renchérit Pierre. Nous avons engagé une répétitrice qui vous expliquera tout et vous fera travailler le temps nécessaire.

Il ouvrit une porte pour faire entrer une femme d'une cinquantaine d'années. Contrairement aux autres agents, elle n'était pas en uniforme et correspondait au sourcil près à une projection de Jeanne une trentaine d'années plus tard.

– Je vous présente Mme Lynn.

Sans même jeter un regard autour d'elle, la femme s'approcha directement de Suzy et Jeanne, en les détaillant de la tête aux pieds comme du bétail. Apparemment satisfaite, elle les engagea à la suivre d'un mouvement de tête. Jeanne et Suzy restèrent assises, peu enclines à obtempérer.

– Elle connaît pas la politesse, cette truie, pour qui elle nous prend ? On n'est pas des morceaux de bidoche !

Mme Lynn se mit à hurler tellement fort que Suzy manqua de tomber à la renverse.

– *Move your fucking ass now !*

Pierre considéra sa sœur, qui semblait affreusement gênée. Ébranlées, Jeanne et Suzy quittèrent la pièce avec la créature qui referma brutalement la porte. Dans une salle à l'étage, elles commencèrent à répéter en musique. Au bout de quelques minutes, Suzy sortit la première, à moitié en larmes.

– Je ne peux pas faire ça, je suis une artiste, une professionnelle, c'est ignoble ce que vous me demandez de faire !

Louise était on ne peut plus d'accord, mais elle serra les dents. Au grand étonnement de Pierre, ce fut Jeanne qui revint chercher Suzy.

– Allez, viens, ça va bien se passer, tu verras, il faut me faire confiance.

– Comment vous voulez que je lui fasse confiance ? Cette fille est une meurtrière ! lança Suzy désespérée.

Mme Lynn apparut alors. Très menaçante, elle incendia Suzy au point de la faire complètement craquer. Louise détourna le regard, écœurée. Jeanne restait impassible, de toute évidence blessée par la remarque de Suzy. Mme Lynn empoigna Suzy en larmes et la ramena dans la salle, où la musique reprit jusqu'au soir. Pierre se dit alors que ses pires craintes venaient d'être confirmées.

Dans la soirée survint l'incident qui faillit tout compromettre. Le château tenait à la disposition des nouvelles venues des casiers pour y ranger leurs effets personnels. Louise déposa ses affaires dans le sien, ainsi que les dossiers de Suzy, Jeanne et Gaëlle. Au moment de le refermer, elle cassa la clé dans la serrure. Elle s'absenta du dortoir pour aller chercher de l'aide à la maintenance. Jeanne, qui sortait de la douche, vit alors le box de Louise entrouvert. Après s'être assurée que personne ne la surveillait, elle risqua un coup d'œil à l'intérieur et tomba sur le dossier de Suzy qu'elle se mit à compulser avidement. Si le déchiffrage des dizaines de pages dactylographiées lui posa un problème, elle n'eut aucun mal à décrypter les photos montrant la jeune femme occupée à trinquer avec de nombreux officiers allemands. Déterminée, elle replaça le dossier à sa place et s'habilla comme si de rien n'était.

Une buvette accueillante avait été aménagée dans l'une des dépendances de la propriété. Agents et instructeurs s'y retrouvaient généralement autour d'un verre après la journée d'entraînement. Lorsque Pierre et Louise firent leur entrée dans la salle, ils remarquèrent tout de suite Suzy assise sur les genoux d'un soldat en train de jouer sur un piano désaccordé. À examiner la lueur de ses yeux, Louise comprit aussitôt qu'elle était complètement ivre. Suzy croisa leur regard et, avec malice, chuchota quelques mots à l'oreille du pianiste, qui se mit à jouer les premières notes de « Douce France ». Elle entonna le premier couplet.

– *Sale France, je me moque de ta souffrance, de te voir langue pendante, sous le joug de l'occupant.*

Pierre fit un mouvement vers elle, Louise l'arrêta net. Au même moment, Jeanne et Gaëlle apparurent. Suzy continua de plus belle.

– Mon village, au clocher, aux maisons sages, où les enfants de mon âge sont maintenant putes ou collabos... Je te hais, dans la rancœur et la douleur, sale France, je me moque de ta souffrance, de te voir langue pendante, sous le joug de l'occupant.

Les militaires anglais, qui n'avaient rien compris aux paroles, lui firent un triomphe en applaudissant à tout rompre. Suzy salua son public avant d'avaler cul sec un nouveau verre de rhum.

– Ça y est, tu es fière de toi ? Tu as fait ton petit effet ?, lui lança alors Louise, qui l'avait rejointe au comptoir.

– Quoi ? Si on n'a plus le droit de se détendre !

– Se détendre, oui, se donner en spectacle de manière lamentable, non.

– Tu veux que je te dise ce qui est lamentable ? C'est de me forcer à retourner dans ce pays de merde, qui n'a jamais rien fait pour moi !

– Si j'avais le choix, je refuserais de t'emmener. Tu devrais avoir honte.

– La honte, elle s'assoit dessus, au point où elle en est...

Jeanne s'était approchée et défiait perfidement Suzy.

– Quand on a baisé avec des Schleus, il n'y a plus grand-chose qui fait rougir. Pourtant ça fait sa délicate quand il faut danser un peu collée ser-rée contre moi... pauvre fille !

Suzy démarra au quart de tour.

– Une putain qui me parle de honte, non mais je rêve! lui cria-t-elle au visage.

– Je préfère être pute que collabo.

Suzy leva la main pour la gifler, mais Jeanne arrêta son geste.

– Tu sais ce que je fais aux salopes dans ton genre?

D'une main, Jeanne prit Suzy à la gorge et de l'autre lui appliqua une lame contre la joue. Louise intervint alors avant que le métal ne pénètre la chair. Le couteau glissa à terre. Dans la salle, tout à coup, on aurait entendu une mouche voler. Pierre administra à Jeanne une telle gifle qu'elle valdingua contre le sol. Gaëlle l'aida à se relever mais elle la repoussa.

– Tu me touches encore une fois, connard, hurla-t-elle en regardant Pierre, et je vous tue tous, tu sais pas de quoi je suis capable!

Elle sortit du mess sans un regard pour Suzy. Gaëlle lui emboîta le pas. Louise emmena Suzy se coucher au dortoir. Pierre demeura seul au mess, plongé dans un immense désespoir. Il ne savait pas quoi faire. Devait-il prévenir le colonel ce soir ou attendre demain? Il commanda un verre de whisky pour y réfléchir. Par la fenêtre, il voyait Gaëlle en train de parler à Jeanne, sans parvenir à saisir un mot de leur conversation. À sa grande stupéfaction, Jeanne se mit à pleurer. Gaëlle la prit dans ses bras et elles restèrent un long moment enlacées. Elles rentrèrent ensuite toutes les deux dans la chambrée. Plusieurs minutes passèrent, Pierre attaquait son troisième verre de whisky lorsque Louise fit son entrée :

– Qu'est-ce qui s'est passé ?

Pierre pivota vers elle, ne sachant comment lui avouer qu'il avait décidé de se soûler. Mais Louise ne venait pas lui parler de son ébriété.

– Jeanne, c'est toi qui lui as parlé ? reprit-elle

Il mit un moment à comprendre.

– Parlé de quoi ?

– Elle est venue au dortoir pour s'excuser ; elle pleurait comme une madeleine en suppliant Suzy de lui pardonner. Je les ai quittées dans les bras l'une de l'autre.

Pierre regarda son verre à moitié rempli et le reposa sur le comptoir.

– Je ne lui ai rien dit. C'est Gaëlle qui lui a parlé.

– Gaëlle ? Où est-elle ?

Pierre haussa les épaules. Un caporal leur rapporta avoir vu la jeune femme entrer dans la chapelle, derrière le château. Les membres de la famille Montagu étaient les seuls à la fréquenter mais elle restait ouverte jour et nuit, à la disposition de tous ceux qui voulaient s'y recueillir. C'est là qu'ils trouvèrent Gaëlle, agenouillée sur un prie-Dieu. Pierre se souvint de la soirée qu'ils avaient passée ensemble et de l'importance que la jeune femme accordait à la religion dans sa vie. Pour sa sœur et lui, la foi n'était rien si ce n'est le souvenir de leur père, au point d'oublier qu'un résistant pouvait être croyant. Depuis le début de la guerre, Louise se refusait à entrer dans une église et son mariage avec Claude, un athée, avait radicalisé sa position.

– Je ne peux pas entrer là. Mais toi, essaie de savoir ce qu'elle a dit à Jeanne.

Et elle tourna les talons. Pierre alla s'asseoir sur un banc à côté de Gaëlle qui avait les yeux fermés. Sentant sa présence, elle demeura recueillie sans ciller.

– Je t'ai vue parler avec Jeanne tout à l'heure. Qu'est-ce que tu lui as dit ?

Pour la première fois depuis leur rencontre, Pierre s'adressait à elle. Gaëlle resta silencieuse les paupières closes. Il allait se lever et partir lorsque la réponse arriva.

– Sais-tu ce que Jean-Sébastien Bach a dit en apprenant la mort de ses enfants ?

Pierre ne s'attendait vraiment pas à cette question. Gaëlle ouvrit les yeux et le considéra bien en face.

– Jésus, que ma joie demeure, lâcha-t-elle. Et il en a fait un merveilleux morceau de musique.

– Pourquoi me racontes-tu ça ?

– Tu me demandais ce que j'avais dit à Jeanne tout à l'heure. J'ai essayé de lui expliquer que la haine ne rend pas meilleur, et que la foi peut sauver. Je pense qu'elle l'a compris, à sa façon.

Confondu et embarrassé, Pierre se contenta de hocher la tête.

Gaëlle quitta la chapelle, laissant Pierre seul sur le banc, interloqué. À l'avenir, plus jamais il ne jugerait quiconque sur une seule impression.

La journée suivante commença par les sauts en parachute depuis la montgolfière stationnée au-dessus de la pelouse du château. Au grand soulagement de tous, aucun incident ne vint ralentir l'épreuve. Toutes les filles exécutèrent un saut parfait, à croire que l'intervention de Gaëlle leur avait définitivement donné la grâce. Jeanne et Suzy ne conservaient plus aucune trace d'inimitié. Louise demeura finalement la plus maussade, elle ne s'adressa à personne de toute la matinée. Pierre essaya de la sonder, elle évoqua une mauvaise nuit ; il n'insista pas. Les répétitions du numéro dansé entre Suzy et Jeanne se poursuivirent à huis clos. Mme Lynn s'entêtait néanmoins à hurler ses directives, que l'on entendait jusqu'au mess. Vint ensuite l'heure du « retapissage », un terme pour désigner les nouvelles identités des agents pendant la durée de leur mission. Pierre procéda à la distribution des laissez-passer, cartes de rationnement et autres papiers d'identité. Il demanda aux filles de les mémoriser dans les moindres détails. Jeanne ne sauta pas de bonheur en découvrant son nouveau nom.

– Vous trouvez que j'ai une tête à m'appeler Raymonde ? Pour une artiste de music-hall, c'est pas terrible, non ?

Pierre ignora sa remarque et continua son exposé.

– Si la Gestapo vous arrête, la consigne est de tenir quarante-huit heures sans rien dire.

– Pourquoi quarante-huit ? demanda Suzy.

– Parce que c'est le temps nécessaire aux autres membres du commando pour se mettre à l'abri.

– Et si on nous torture ? lança Gaëlle.

– Parler trop tôt, c'est sacrifier les autres, soutint Pierre. En dernier recours, il vous restera ceci.

Il leur désigna alors un petit comprimé blanc. Gaëlle ne cacha pas son malaise.

– C'est du cyanure ?

– Cachez-le soigneusement, poursuivit Pierre en faisant la distribution. En cas de besoin, croquez-le. Le poison fera son effet en quelques secondes.

– Et bye bye Raymonde ! reprit Jeanne en regardant son cachet d'un air absent.

Le décollage était prévu au coucher du soleil, sur l'aéroport militaire de Tempsford, à quelques kilomètres de Beaulieu. Les dernières heures avant le départ furent occupées à la préparation des paquetages et au camouflage des visages. Gaëlle voulut retourner prier à la chapelle mais elle n'en eut pas le temps. À 18 heures, un véhicule les prit en charge pour les déposer quinze minutes plus tard sur le tarmac de l'aérodrome. Pierre et Buckmaster les y attendaient déjà. Le colonel confia à Louise une valise pleine d'argent français destiné à couvrir leurs « imprévus ». Chaque fille reçut une liasse. En voyant les autres billets alignés dans la valise, Jeanne ne put s'empêcher de demander :

– Y en a pour combien là-dedans ?

– Suffisamment, répondit Louise en refermant la valise.

Buck leur souhaita à tous bonne chance avant de céder la place à un prêtre qui bénit l'avion, un bombardier Whitley à hélice, ainsi que chacun des passagers en train d'embarquer.

– Tu t'es déjà fait bénir, toi ? demanda Suzy à Jeanne, pleine d'appréhension.

– Moi ? Quand je me mets à genoux, en général, c'est pas pour joindre les deux mains, si tu veux savoir.

Juste avant de pénétrer dans la carlingue, Gaëlle se débarrassa discrètement de sa pilule de cyanure. Louise, qui se trouvait juste derrière elle, la ramassa et alla rejoindre Gaëlle au fond de l'appareil. Elle lui tendit la pilule comme si de rien n'était.

– Tu as laissé tomber ça, je crois.

Gaëlle resta imperturbable.

– Le suicide, c'est contraire à ma religion.

– Dieu se fiche pas mal de nos histoires.

– Tu dis ça à cause de ton mari ?

Louise se figea. Comment Gaëlle avait-elle pu savoir ? Elle croisa alors le regard de Pierre, qui avait tout entendu et ne se sentait pas très à l'aise.

– Mon frère a été fusillé le jour de ses vingt ans, continua Gaëlle, cela ne m'empêche pas de croire.

– C'est ton problème.

La jeune femme n'entendit pas la réponse de Louise, le bruit des moteurs recouvrit leurs paroles jusqu'à devenir assourdissant. L'avion s'élança sur la piste de décollage et s'éleva lentement dans les airs. Par le hublot, Pierre vit la silhouette de Buck s'éloigner sur le tarmac jusqu'à être avalée par le paysage. Ils étaient partis.

La traversée de la Manche s'effectua sans un mot. À l'approche des côtes françaises, le pilote prit la parole pour avertir les passagers :

– Accrochez-vous, on va monter !

– C'est pour échapper aux batteries allemandes, précisa Pierre, on arrive au-dessus de la France.

Le bombardier prit de l'altitude. Les filles furent brutalement jetées en arrière. Le visage crispé, elles s'agrippèrent de leur mieux aux montants métalliques de leurs sièges. De nouveaux bruits ne tardèrent pas à recouvrir celui du moteur, suivis par des flashs de lumière provenant de l'extérieur. L'appareil vacilla plusieurs fois et elles se mirent à hurler. Suzy se propulsa.

– On ne peut pas sauter ! On nous canarde, vous entendez ! Ils vont nous tirer comme des lapins !

Sans lui laisser ajouter un mot, Louise la gifla sèchement. Pierre et Gaëlle la forcèrent à se rasseoir et Jeanne lui prit la main. Suzy ferma les yeux en se mordant la lèvre. À ses côtés, Gaëlle priait à voix basse. Pierre scruta le visage de

Louise qui n'exprimait rien, comme à son habitude. Mais en regardant ses mains, il devina la tension extrême qui l'habitait. Le copilote s'approcha de Pierre :

– Largage dans dix minutes.

L'avion continuait de tanguer entre les tirs de batterie. Les passagers étaient éclairés sporadiquement par les explosions. Pierre sortit une flasque de whisky et avala une rasade d'un trait. À sa grande surprise, Louise la lui arracha des mains pour en prendre elle aussi une gorgée. Elle la fit passer à Suzy, puis à Jeanne et enfin à Gaëlle, qui la refusa :

– C'est le moment de faire un vœu, dit-elle. Si on s'en sort, en rentrant à Londres, vous aurez envie de quoi ? Vite, répondez sans réfléchir, le premier souhait qui vous passe par la tête.

Pierre leva les yeux au ciel.

– Croyez-vous vraiment que c'est le moment ?

Jeanne parla la première.

– Moi je voudrais être décorée, rien que pour imaginer la gueule de ma mère si un jour elle voit la photo.

– Et moi je voudrais danser à nouveau devant une salle comble, avec mon nom étalé en grand sur les affiches !

Suzy devenait soudain enthousiaste.

– Et toi, Louise, qu'est-ce que tu voudrais faire plus que tout ?

Sa réponse ne se fit pas attendre.

– Gagner la guerre.

Les détonations s'espacèrent peu à peu. L'avion amorça une lente descente pour se stabiliser. Un signal rouge s'alluma alors. Le copilote ouvrit la trappe.

– Mon Dieu, c'est maintenant, ça y est !

Suzy était de nouveau fébrile. Au commandement de Pierre, les jeunes femmes se levèrent pour accrocher la sangle d'ouverture de leur parachute à la rampe métallique.

– Vérification des équipements.

Louise jeta un coup d'œil à sa boucle.

– Numéro 4 paré !

Devant elle, Suzy, qui portait le numéro 3, était comme tétanisée. Louise la bouscula du coude.

– Allez, vas-y !

Pierre lui accrocha la sangle en criant à sa place :

– Numéro 3 paré !

Jeanne et Gaëlle suivirent. Pierre remarqua que cette dernière portait toujours sa chaîne en or autour du cou.

– Pas d'objet personnel !

Gaëlle la retira sans broncher.

– Avant de toucher le sol, pensez à serrer les jambes pour le roulé-boulé.

Le copilote s'avança le bras levé. Le signal passa au vert.

– Action station, go !

Gaëlle sauta la première, puis Jeanne. Suzy se jeta dans le vide les yeux fermés, Louise ensuite, comme happée par l'extérieur. Pierre plongea le dernier. La trappe se referma et le bombardier reprit de l'altitude. Plus bas, les parachutes descendaient doucement vers la campagne normande. Le 30 mai 1944, deux heures avant minuit, ils touchèrent le sol de France.

Heindrich

Dès les premières lueurs de l'aube, Karl sentit que cette journée serait excellente. Pour la première fois depuis plusieurs mois, Liliane n'était plus venue hanter sa nuit. Il pourrait mieux se concentrer et Dieu sait combien il avait besoin de toute sa clairvoyance. Après un rapide calcul mental, il prit conscience que ce 31 mai correspondait à son chiffre fétiche. En effet, il se décomposait en 31+5+1944 soit 1980, lequel se réduisait à nouveau en 1+9+8+0= 18, soit au total 1+8=9. Et il n'avait jamais rien connu de fâcheux les jours en 9, sans compter les événements les plus heureux de sa vie : son entrée à l'école des officiers de Lichterfelde, que Goering avait aussi fréquentée, un 3 septembre 1923 ; son arrivée à l'Abwehr ; sa rencontre avec Liliane... Il ne fut donc pas surpris quand Volker lui annonça qu'ils avaient peut-être retrouvé le géologue britannique.

– Cette nuit, dans un hôpital militaire de Pont-l'Évêque, un soldat a entendu son voisin de lit délirer en anglais. Il a immédiatement prévenu le surveillant. Le blessé est enregistré sous le nom de Hermann Wasser, caporal, gravement brûlé lors d'un bombardement de la RAF près de Lisieux.

– Soit tout près de l'endroit où les affaires du géologue ont été retrouvées, releva Karl en parcourant le rapport.

– Exactement, mon colonel. J'ai fait procéder à quelques vérifications. Le vrai Wasser a des cheveux bruns et celui qui se trouve à l'hôpital est roux. Je pense qu'il y a de fortes chances pour que ce soit notre homme.

Karl et Volker se dévisagèrent en silence. L'un comme l'autre connaissaient l'enjeu de cette découverte.

– Préparez ma voiture, nous partons sur-le-champ.

– Bien, mon colonel.

Sur les routes de Normandie, les bons présages se confirmèrent. Karl débusquait toujours autant de 9 cachés dans le paysage, qu'il s'agisse du nombre de wagons d'un train ou des chiffres sur les plaques d'immatriculation des véhicules qu'ils croisaient.

Tout se passerait donc bien, il n'avait jamais vu autant de signes d'un coup. Sa chance serait-elle enfin revenue ?

Karl avait toujours cru à l'alternance des bons et des mauvais cycles. Généralement, tous les trois ans, un événement survenait qui l'entraînait dans une bonne ou une mauvaise direction. Il ne pouvait pas lutter contre ça. La dernière période avait débuté au moment de sa rencontre avec Liliane ; c'était la pire de toutes, car le Mal avait revêtu les atours du Bien. Logiquement, elle finirait cette semaine avec la découverte du géologue. Tout cela faisait sens. D'ailleurs, les cellules ne se renouvelaient-elles pas, elles aussi, selon des cycles ? Il devait continuer à croire.

Une heure vingt plus tard, alors qu'il franchissait le portail de l'hôpital, un établissement situé un peu en dehors de la ville, Karl remarqua deux infirmières, puis six autres personnes en train de retirer d'une camionnette du matériel d'éclairage. Trois hommes et cinq femmes : 8! Dommage, pensa-t-il fugitivement. Le directeur de l'hôpital, un homme rondouillard et constellé de sueur, vint immédiatement à sa rencontre.

– Bonjour, mon colonel. Veuillez nous excuser pour le dérangement. Nous recevons une troupe du Havre, qui doit donner un spectacle pour les patients.

– Un spectacle ? Quel genre de spectacle ?

Le directeur avait légèrement rougi. Il bégaya, embarrassé :

– C'est-à-dire que... le moral des hommes étant assez bas, j'avais pensé que... c'est un numéro dont on a beaucoup parlé... *La Femme et la Bière*... ça ne vous dit rien ?

La femme et la bière ? De quoi lui parlait ce clown ?

Au regard que lui décocha Karl, le directeur pâlit et balbutia :

– Vous... vous voulez peut-être que j'annule la représentation... Ce serait mieux pour vous ?

Karl prit un court moment pour réfléchir. Cette idée d'un spectacle lui déplaisait fortement. En même temps, qui pâtirait de l'annulation ? Les pauvres bougres estropiés qui végétaient ici sans aucune distraction. Ils attendaient peut-être la venue de ces guignols depuis des semaines. Karl ne voulait ni les pénaliser ni se rendre impopulaire. Cette journée avait tellement bien commencé, ensoleillée par tant de 9.

– Laissez-les s'amuser. Je veux juste que le suspect soit transféré dans un endroit calme pour que je puisse l'interroger.

– Il est déjà sous surveillance dans un lieu sécurisé, mon colonel.

Karl demanda à rencontrer le patient qui avait identifié le suspect. Dans un grand dortoir, des éclopés se mirent au garde-à-vous à la vue de son uniforme. Certains avaient perdu une jambe, un bras, un œil, parfois plus. Heindrich en fut touché.

Il devait faire quelque chose.

Le directeur le conduisit jusqu'au lit d'un caporal cul-de-jatte qui avait aussi perdu la vue dans le bombardement de Lisieux. Devant son corps horriblement mutilé, Karl sentit ses yeux s'emplir de larmes. Son état pathétique ne l'avait pas empêché de faire son devoir et de dénoncer un traître.

Il devait faire un geste. Tous ces hommes attendaient ça de lui.

– Comment vous appelez-vous, caporal ? demanda Karl.

– Caporal Heinz Ballhaus, mon colonel.

– Caporal Ballhaus, en regard des services rendus au Reich, vous serez promu au grade de lieutenant.

Tous applaudirent comme un seul homme. Karl se vit acclamé par une assemblée d'infirmes sur le point d'assister à un spectacle donné par des strip-teaseuses. Tout cela semblait invraisemblable. Par la fenêtre, il observa la troupe qui finissait de décharger leur estafette. Il remarqua aussi les deux infirmières en train de discuter avec le plus grand des hommes de la camionnette.

– Conduisez-moi au prisonnier.

Le suspect avait été installé dans une chambre à l'étage, gardée par un soldat. Karl jugea l'endroit trop proche du dortoir. Si l'interrogatoire ne menait nulle part, ce dont il était intimement persuadé, il serait contraint d'utiliser la force. Il ne voulait pas que tout l'hôpital entende les hurlements du prisonnier. Il s'apprêtait à demander au directeur de choisir un nouvel endroit lorsqu'il réalisa que le numéro de *La Femme et la Bière* jouerait en sa faveur.

– Laissez-moi seul avec le prisonnier, ordonna-t-il.

Dans la chambre aux murs décrépis, une forte odeur d'urine l'agressa. Au milieu de la pièce, sanglé à un lit, l'homme, enregistré sous le nom de Hermann Wasser, devait végéter tel quel depuis un bon moment. Son front portait des traces de coups. Les soldats en avaient profité pour le tabasser.

Il n'aimait pas ça.

Karl fit le tour du lit, sans prononcer un mot. L'homme le suivait des yeux, sur la défensive.

– Quel est votre nom?

Il avait posé la question en anglais. Le prisonnier garda le silence, comme s'il n'avait pas compris. Karl appela la sentinelle.

– Mettez le lit du prisonnier à la verticale, contre le mur.

L'homme ne put réprimer un rictus tandis que les bras puissants du garde soulevaient le lit par les armatures, pour le poser sur deux pieds. Une musique commença à se faire entendre, le spectacle venait de débuter.

Parfait.

La sentinelle sortie, Karl s'approcha du blessé, que la station verticale plongeait dans le plus grand inconfort.

– Pourquoi un géologue anglais vient-il prélever du sable la nuit sur une plage de Normandie? Ce geste n'aurait-il pas quelque chose à voir avec l'offensive alliée? Ou bien avec ça?

Karl lui plaça sous le nez les photos des blocs de béton qu'il avait commentées chez von Rundtetdt. Le prisonnier ignora sa question.

– Vous savez, j'ai des collègues à la Gestapo qui vous feront parler quoi qu'il arrive... Je suis un soldat comme vous. Et un soldat doit faire son devoir; le mien est de vous faire parler. Très sincèrement, j'aimerais y parvenir sans vous faire souffrir. Que faisiez-vous sur cette plage?

Comme il refusait toujours d'articuler le moindre mot, Karl lui écrasa sa cigarette sur le torse. L'homme poussa un cri déchirant avant de se débattre en faisant vibrer le lit.

– Vous m'y avez contraint. Si vous ne voulez pas que ma prochaine cigarette ne vous abîme un œil, je vous conseille de parler.

L'homme tremblait de peur maintenant. Karl le savait, mais il voyait aussi une farouche détermination briller au fond de ses prunelles. L'animal était prêt à tenir la distance; il devait le briser vite et bien. Il avisa un sommier en fer rouillé qu'il mit en pièces en quelques secondes, sous les yeux effarés du prisonnier. Après quoi il s'empara d'une solide barre de métal.

– Que faisiez-vous sur cette plage?

Le suspect baissa la tête, fuyant son regard.

Cette fois il l'avait cherché, c'était lui le responsable.

Karl arracha les couvertures de l'Anglais. Comme un forcené, il frappa ses genoux jusqu'à sentir un os se briser. Le blessé hurlait maintenant. La musique qui montait du réfectoire pourrait-elle couvrir ses cris ?

Et même si on l'entendait ? Il en allait peut-être du tournant de la guerre.

Le corps parcouru de spasmes, le prisonnier se vomit dessus. Sa tête retomba sur sa poitrine. Avait-il perdu connaissance ? Karl lui prit le pouls et constata que son cœur battait à tout rompre.

Il devait faire une pause et le laisser récupérer. À l'idée de le voir macérer dans ses déjections pendant de longues minutes, Karl éprouva un haut-le-cœur. Il avait besoin de prendre l'air. Il surprit la sentinelle élever la voix de l'autre côté de la porte. Quelqu'un cherchait à entrer. Karl décida d'aller voir. C'était l'une des deux infirmières déjà aperçues à son arrivée à l'hôpital. Elle essayait de forcer le passage, l'air particulièrement indigné.

– Laissez-moi passer, ce malade a besoin de soins, c'est inadmissible, colonel.

– De quoi me parlez-vous ?

– Du malade que vous brutalisez. Vous êtes dans un hôpital, pas dans un abattoir. Vous ne pouvez pas vous comporter ainsi.

Karl l'examina. Elle affichait une trentaine d'années et la froideur de son visage contrastait avec l'énergie qui semblait bouillonner en elle. Il allait la calmer.

– Je vous interdis d'entrer dans cette chambre, compris ?

Totalement blême, les poings serrés, l'infirmière baissa les yeux. Karl remarqua les efforts qu'elle faisait pour se contrôler. Il aurait pu se montrer plus violent et lui faire regretter d'avoir tenu tête. Il avait d'autres chats à fouetter et ne voulait pas gaspiller son énergie. Il la dépassa sans un regard et s'engagea dans l'escalier. Le spectacle battait son plein, les clameurs des pensionnaires déchaînés couvraient presque la musique tant et si bien que Karl décida d'y faire un tour.

Quand il poussa les portes du réfectoire, une chaleur étouffante lui sauta au visage malgré les deux fenêtres ouvertes. Les malades étaient dans leur quasi-totalité agglutinés les uns contre les autres, certains ayant même transporté leur intraveineuse quand d'autres encourageaient bruyamment les danseuses. Sur l'estrade et à moitié nues, les deux filles mimaient des actes sexuels. En focalisant son attention, Karl réalisa qu'elles ne simulaient rien. Celle qui lui tournait le dos, à genoux, prodiguait du plaisir à sa partenaire en lui caressant les seins. Les épaules de la fille lui rappelèrent celles de Liliane. Il chassa aussitôt de son esprit cette idée absurde et incongrue.

Il n'avait pas pensé à Liliane un seul instant. Pourquoi maintenant ? Il ne devait pas rester une minute de plus devant ce spectacle pitoyable.

Les deux strip-teaseuses s'abandonnèrent l'une à l'autre, faisant fi de la présence bruyante du public et de la chanson paillarde qui s'échappait d'un mauvais phonographe. Karl revenait inlassablement au dos nu et aux épaules de la fille agenouillée. Il sentait la sueur perler sur son front quand une violente nausée le submergea.

Il se rua hors de la salle, heurtant au passage l'infirmière qu'il avait éconduite à l'étage. *Quelque chose lui déplaisait en elle. Une infirmière ne lui aurait jamais tenu tête comme elle l'avait fait. Une religieuse à la rigueur mais pas une infirmière française.*

Au fond du couloir, il repéra des toilettes. Il ne voulait pas vomir dans le couloir et surtout pas devant cette femme. Pressant le pas, il parvint à temps au-dessus de la cuvette pour rendre la totalité de son petit déjeuner. Son visage transpirait abondamment. Un long moment, il resta immobile à se tamponner les lèvres avec son mouchoir, en inspirant profondément.

Il allait remonter interroger le prisonnier. Avoir l'estomac vide le rendrait plus dur.

Avant de tirer la chasse, il remarqua un ruban adhésif qui pendait du plafond. Enroulé au fil soutenant l'ampoule, Karl pouvait deviner le chiffre inscrit dessus à l'encre noire, mais il ne parvenait pas à le distinguer clairement.

Il était sûr que c'était un 9, il le voyait presque. Il fallait vérifier. Si c'était le cas, alors le blessé lui dirait ce qu'il voulait savoir.

Le pied posé sur la cuvette, il se hissa à hauteur de l'ampoule. Oui, il s'agissait bien d'un 9. Il n'eut

112

pas le temps de savourer sa découverte qu'il perçut un bruit étouffé en même temps qu'une douleur fulgurante lui traversait la cuisse. Une nouvelle salve de tirs transperçait la porte de son cabinet. Qui avait tiré avec un silencieux? Karl essaya de sortir, mais la poignée était bloquée. Il dégaina son pistolet et défonça la porte à coups d'épaule.

Louise

Dès qu'elle la vit, au milieu du champ où elle venait d'atterrir, Louise reconnut en Maria une sœur. Son pas vif, son visage lumineux, la flamme de ses yeux lui rappelèrent Christina Granville à Londres.

– Quatre anges sont venus faire de la dentelle, déclama Maria en guise de bienvenue.

Pierre marcha vers elle pour l'étreindre. Au baiser discret qu'ils échangèrent, Louise comprit qu'ils avaient été amants. Pour une fois, son frère avait bon goût, pensa-t-elle. Deux autres résistants, Bernard et René, les aidèrent à plier leurs parachutes puis les emmenèrent à bord d'une camionnette jusqu'à une ferme isolée. Devant la soupe de légumes très épaisse, servie par la femme de Bernard, Jeanne et Suzy ne purent réprimer une moue dubitative. Gaëlle ne disait rien. Chaque fois qu'elle la regardait, Louise se sentait coupable. À Beaulieu, Pierre lui avait confié que la jeune femme n'était pas dupe du stratagème concocté pour la convaincre de les accompagner. En descendant à la cave pour y passer la nuit, Louise coinça Gaëlle.

– Je crois qu'il faut qu'on se parle toutes les deux.

– Si tu veux, répondit Gaëlle.

– Je sais que tu sais... pour Pierre et toi... c'est moi qui lui ai demandé de te séduire. Si tu dois en vouloir à quelqu'un, c'est à moi, pas à lui.

– Tu ne crois pas qu'on a plus important à faire ?

– Je ne voudrais pas que ce souvenir pèse sur ton implication. Tu pourrais éprouver du ressentiment et mettre en danger la mission.

– Pierre ne m'a pas guidée pour venir, tu sais. Mais Dieu, oui ! Je sais qu'il vous a placés sur ma route. Je ne l'avais pas compris sur le moment, mais t'inquiète, je ne vous en veux pas.

Gaëlle lui tourna le dos et emprunta calmement l'escalier en bois qui la menait à son matelas.

Louise fut alors attirée par un étrange bruit métallique : Maria transmettait à l'aide de sa radio.

– J'ai prévenu Buckmaster que le colis était bien réceptionné, expliqua-t-elle, amusée.

– Tu connais bien Buck ?

– Non. Je ne sais pas qui peut prétendre bien le cerner. Même ton frère...

– Tu sembles bien connaître mon frère, en revanche.

Elle afficha un large sourire en rangeant la radio dans une vieille valise à double fond.

– On a fait plusieurs missions ensemble. C'est quelqu'un de droit. Il m'a beaucoup parlé de toi.

Surprise, Louise voulut en savoir davantage.

– Ah oui ? Et qu'est-ce qu'il t'a dit ?

Maria la dévisagea avec malice.

– Que tu étais l'homme qu'il aurait aimé être.

Louise ne put s'empêcher de sourire à son tour. Elle trouvait cependant la remarque assez dure et s'étonnait que Pierre ait pu prononcer une phrase pareille. Alors que Maria passait devant elle pour gagner l'escalier, Louise poursuivit.

– J'aurais préféré te rencontrer dans d'autres circonstances. Nous n'allons pas avoir le temps de faire connaissance.

Toujours souriante, Maria la considéra.

– Après la mission, on aura l'impression de s'être toujours connues. La guerre, il n'y a rien de mieux pour ça !

Elle posa une main sur l'épaule de Louise et descendit les marches.

Le lendemain matin, le commando prit la route pour intercepter la camionnette du cabaret. Grâce à leurs contacts, Bernard et René savaient que la troupe était attendue à l'hôpital pour 16 heures. Ils décidèrent de tendre une embuscade à la sortie de Pont-l'Évêque. Eugène et deux autres résistants les rejoignirent. Gaëlle, Jeanne et Suzy se cachèrent

derrière les arbres. Ils n'attendirent pas longtemps. Pierre, habillé en soldat allemand, arrêta
d'autorité l'estafette et vérifia l'identité des passagers à l'avant. Bernard et René s'engouffrèrent à
l'arrière pour capturer les deux danseuses, l'habilleuse et le machiniste. Le conducteur et le passager tentèrent de réagir, mais Pierre les neutralisa.
En moins de dix minutes, ils furent tous ligotés
et confiés à Eugène qui les conduisit dans un
endroit secret jusqu'à la fin de l'opération. Pierre
avait donné comme consigne de leur laisser la vie
sauve mais, en dernier recours, Eugène seul
déciderait.

Maria et Louise, déguisées en infirmières,
arrivèrent à vélo à l'hôpital juste derrière la
camionnette. Tandis que la sentinelle vérifiait
inlassablement leur laissez-passer, Louise vit
Jeanne, Gaëlle, Suzy et Pierre décharger le matériel. Bernard et René les aidaient. Devant la suspicion du garde, Maria explosa :

– Elle remplace Lucienne, j'ai prévenu la direction hier. Allez-vous renseigner si vous ne me
croyez pas.

Louise sentit ses mains devenir moites. Elle
observa Suzy, blanche comme un linceul. Parvien-
drait-elle à monter sur scène ? Croisant les mains
derrière son dos, la jeune femme laissa ses yeux
errer sur l'hôpital et la campagne alentour, en
pensant que ces images étaient peut-être les dernières qu'elle admirait. Elle pouvait être tuée dans

quelques minutes et elle l'acceptait. Elle se sentait angoissée et sereine ; une dualité qui l'avait accompagnée tout au long de sa vie.

Une voiture pénétra dans la cour. La sentinelle les quitta pour s'approcher de la grosse traction avant noire. Le chauffeur baissa la vitre et dit en allemand :

– Colonel Heindrich, des services secrets de Paris.

La sentinelle fit le salut hitlérien et leva la barrière. Louise eut le temps d'apercevoir le visage de l'homme assis sur la banquette arrière. Malgré les reflets sur la vitre, la casquette et son col relevé, elle reconnut l'officier nazi qui posait au côté de Suzy sur les photos de son dossier. Son cœur se mit à battre la chamade. À coup sûr, Heindrich était ici pour le géologue. Qu'il se retrouve face à Suzy, et toute l'opération pouvait tourner au désastre.

Revenu vers elle, le garde jeta un dernier coup d'œil à leurs papiers et leur céda le passage. Louise trébucha, soudain prise d'un vertige.

– Ça ne va pas ? lança Maria, en la retenant.

Louise lui souffla :

– Localise le colis. Il faut que je parle à mon frère.

Elle rejoignit la camionnette que Pierre finissait de décharger.

– On a un problème. L'ancien amant de Suzy est là.

Pierre se figea. Il n'avait pas vu Heindrich pénétrer dans la cour. Discrètement, il tourna la tête vers le perron, où le directeur parlait au colonel.

– Tu es sûre?

– Certaine, c'est l'officier de la photo. Les SS ont dû découvrir le géologue.

– Ils ne repartiront pas avec.

Louise s'impatientait.

– Et s'il croise Suzy, tu y as pensé?

– Nous allons faire en sorte qu'il ne la croise pas.

– Buck a choisi Suzy à cause de Heindrich? Dis-moi tout!

– Rejoins Maria, c'est un ordre!

Louise serra les dents, elle avait le sentiment qu'ils couraient à la catastrophe. Sous sa blouse, elle sentait son pistolet plaqué contre son ventre. Elle posa sa main dessus et pénétra dans le dortoir des grands invalides. Heindrich s'y entretenait avec un blessé alité qui n'était pas le géologue. Serait-il venu pour quelqu'un d'autre? Le directeur et plusieurs membres du personnel s'étaient placés derrière lui. Le colonel tenait les mains du malade, un sourire plein de compassion sur les lèvres. Plutôt bel homme, il avait un visage doux aux traits réguliers. Mais Heindrich appartenait à la SS et les SS n'étaient pas des humains. Son physique avantageux le rendait plus terrible encore aux yeux de Louise. Elle serra la crosse de son arme. Son cœur cognait à tout rompre. Sur sa

119

gauche, dans le réfectoire, d'autres malades attendaient le début du spectacle. Ils tapaient le sol avec leurs béquilles et beuglaient des chansons paillardes. Dans quelques minutes, le spectacle débuterait. Elle ne parvenait pas à localiser le géologue. Maria la rejoignit et lui susurra :

– Ils ont transféré le géologue à l'étage. Une sentinelle garde la porte. Le récupérer ne devrait pas poser trop de problèmes.

Sur leur droite, Heindrich quittait le dortoir, suivi par deux soldats. Louise et Maria s'écartèrent discrètement et le virent emprunter l'escalier.

– Cet officier s'appelle Heindrich. Il ne doit en aucun cas voir Suzy, dit Louise.

– Pourquoi ?

– Pas le temps de t'expliquer. Attends-moi ici.

Dans le réfectoire, la musique débuta. Derrière le rideau, Gaëlle venait de mettre le disque « Paris chéri », et en coulisses Suzy et Jeanne se préparaient à monter sur scène. Suzy transpirait abondamment. Jeanne lui jeta un regard inquiet.

– Ça va comme tu veux, ma poule ?

Suzy s'empara d'une flasque de cognac qu'elle vida d'un trait.

– Dans cinquante secondes, vous commencez, leur souffla Gaëlle. Vous êtes prêtes ?

Jeanne tapota gentiment son épaule.

– Nous oui, mais toi, Bernadette Soubirous, un conseil : tourne la tête, ça pourrait te choquer.

Louise fit alors irruption dans la loge.

– Suzy, il faut que je te parle.

Effarées, les danseuses l'examinèrent.

– On n'a pas le temps, là, il faut y aller. C'est maintenant.

Louise la prit par le bras et à la pression qu'elle exerça, Suzy comprit qu'elle ne plaisantait pas.

– Danse le plus possible le dos à la salle, je t'en supplie, ne me pose pas de questions et obéis !

Les yeux posés sur sa montre, Gaëlle leur donna le signal.

– Maintenant !

Suzy et Jeanne s'étreignirent avant de disparaître sur scène. Dans le réfectoire, les malades leur firent un accueil triomphal. Gaëlle regarda Louise d'un air interrogateur.

– Qu'est-ce qui se passe, Louise ?

– Occupe-toi des voitures, le reste ne te concerne pas.

Louise traversa le réfectoire. Les filles commençaient leur strip-tease. Suzy tournait le dos au public, selon le conseil reçu. Les deux danseuses s'effeuillaient comme deux grandes professionnelles en suivant les pas que leur avait enseignés Mme Lynn. Au premier rang, les malades étaient bouche bée d'admiration. L'un d'eux reçut les gants de Jeanne, ce qui déclencha un mini-pugilat. Jeanne retira ensuite sa veste, dévoilant ses seins. Alors qu'elle s'asseyait dans un fauteuil en osier, rejetant la tête en arrière, le silence parcourut la salle. Suzy venait de faire tomber sa robe. Elle était à présent vêtue de son porte-jarretelles et d'un soutien-gorge noir. Le dos toujours tourné au public, elle dégrafa le haut et l'envoya loin en arrière, où des mains avides se tendirent pour l'attraper.

Louise pressait le pas pour rejoindre Maria au pied de l'escalier; des cris de douleur terrifiants provenaient du premier étage. En montant les marches, Louise demanda à sa complice de trouver une civière. Puis elle gagna la chambre du géologue et avisa la sentinelle en faction devant la porte.

– Laissez-moi passer. Quelqu'un souffre ici, il a besoin de nous!

Le soldat jappa une phrase en allemand; l'entrée était interdite, ordre du colonel. La porte s'ouvrit sur Heindrich. Calmement mais fermement, Louise lui tint tête. Le colonel lui conseilla de s'éloigner et de ne surtout pas tenter une nouvelle irruption. Louise tourna les talons et fit mine de s'éloigner pendant qu'il disparaissait dans l'escalier. Cachée dans un renfoncement, elle vissa un silencieux au canon de son pistolet et, l'arme cachée sous sa blouse, revint vers la porte du prévenu. La sentinelle s'avança pour lui barrer le passage, Louise tira deux fois, droit au cœur. L'homme s'écroula avec une expression de surprise dans les yeux. Louise le rattrapa au vol et tira le cadavre dans la chambre.

Le géologue divaguait. Immédiatement, Louise comprit qu'il n'en avait plus pour longtemps à vivre. Elle s'adressa à lui en anglais.

– N'ayez pas peur, je suis envoyée par le SOE. Nous allons vous tirer de là.

De sa poche, elle sortit une seringue et lui injecta un calmant. Par la fenêtre qui donnait sur la cour, elle aperçut Gaëlle sous une voiture, en train de placer ses explosifs. Un Allemand s'avançait vers elle, le fusil à la main. Le rythme cardiaque de Louise s'emballa. Si Gaëlle était capturée, toute l'opération tombait à l'eau. Elle retira l'aiguille du malheureux et s'apprêtait à ouvrir les fenêtres quand Pierre surgit derrière la sentinelle et lui trancha la gorge. Au grand soulagement de Louise, il cacha le corps sous le véhicule pendant que Gaëlle poursuivait sa tâche.

Au même moment, un bruit se fit entendre ; quelqu'un approchait. Louise se retourna, le pistolet braqué vers la porte. Maria apparut avec la civière et désigna sa montre pour lui signifier que le temps pressait. Elle repéra alors les photos des blocs de béton et les fit aussitôt disparaître. Louise plaça un chargeur dans son arme et prévint :

– Je reviens.

Elle dévala l'escalier à la recherche de Heindrich qu'elle aperçut dans le réfectoire, en train de regarder la fin du spectacle. Maintenant Suzy, toujours de dos, et Jeanne faisaient l'amour sur scène. Heindrich ne paraissait pas dans son état normal. Il porta son mouchoir à sa bouche et se rua dans le couloir jusqu'aux toilettes, en titubant. Il s'enferma à double tour dans un cabinet. Sans bruit, Louise lui avait emboîté le pas, après s'être assurée qu'aucun soldat ne traînait dans les environs. Heindrich vomissait. Parfaitement maîtresse d'elle-même, elle vint se placer devant la stalle occupée par le colonel et tira quatre coups à travers la porte. Elle la bloqua ensuite et tira deux derniers coups. Dans un silence glacial, elle quitta rapidement les lieux pour rejoindre Maria à l'étage. Pierre surveillait l'entrée du bâtiment. Il lui fit signe que le spectacle se terminait. Elle monta les marches deux par deux.

Dans le réfectoire, les filles finissaient leur numéro ; Suzy vidait une pinte de bière sur le corps de Jeanne. La musique s'arrêta net tandis qu'elles prenaient la pose pour saluer. Les spectateurs, en plein délire, exultaient. Les plus handicapés parvinrent à se mettre debout, à l'aide de leur béquille ou d'un infirmier. D'autres tapaient comme des sourds leurs cuillers contre des gamelles... Au premier rang, un flash crépita, aveuglant Suzy. Jeanne vit un infirmier prendre des photos. Instinctivement, elle cacha son visage. Derrière la scène, Gaëlle se tenait prête. Dans sa main, elle serrait les grenades fumigènes qui allaient couvrir leur fuite. Elle braquait son regard sur la porte ouverte du réfectoire, dans laquelle la silhouette de Pierre s'encadrait. Lorsqu'il vit Maria et Louise paraître au sommet de l'escalier avec le géologue sur une civière, il donna le signal. L'infirmier qui prenait d'autres clichés vit alors Jeanne et Suzy enfiler des masques à gaz tandis qu'une épaisse fumée se répandait dans le réfectoire. Persuadé, comme tous les autres spectateurs, qu'il s'agissait du clou du spectacle, il éclata de rire, et déclencha son flash une dernière fois. Mais bientôt, tous réalisèrent qu'il ne s'agissait pas d'un jeu de scène. Des malades se jetaient au sol en toussant parmi des soldats qui tournaient sur eux-mêmes, les yeux en feu. Jeanne, Suzy et Gaëlle prirent la fuite.

Il fallait faire vite. Louise et Maria devaient conduire le blessé jusqu'à la camionnette. Malgré le brouhaha, elles entendirent les déflagrations provenant des toilettes. Un soldat qui n'avait pas assisté au spectacle surgit au bout du couloir. Pierre l'élimina d'une rafale de mitraillette, tout en couvrant la sortie de ses camarades. René chargea le géologue à l'arrière de la camionnette, où montèrent également Jeanne, Suzy et Gaëlle. De plus en plus de soldats enfumés parvenaient dans la cour et, paniqués, tiraient dans tous les sens. René reçut une balle dans la cuisse. Il s'écroula. Bernard et Pierre ripostèrent au moment où les premières voitures plastiquées explosaient, jetant bon nombre de soldats allemands à terre.

Heindrich, indemne, apparut sur le perron, pistolet au poing. Maria le visa à plusieurs reprises et le rata de justesse. Abrité derrière le cadavre de l'un de ses hommes, le colonel hurlait des ordres, demandant au radio d'appeler des renforts. Mais tous les opérateurs avaient été abattus. C'est alors que Louise réalisa que Heindrich était toujours en vie. Elle arracha son masque à gaz pour saisir une mitraillette et le mettre en joue. Mais lorsqu'elle appuya sur la détente, l'arme s'enraya. Heindrich l'aperçut aussitôt et la regarda droit dans les yeux. Cinq nouveaux soldats apparurent, tandis que Heindrich ouvrait le feu sur elle. Les balles sifflaient autour de Louise, qui se trouva nez à nez avec un fusil. Jeanne la sauva *in extremis* en tuant le soldat d'une balle en plein front. Deux nouvelles voitures explosèrent tandis que Louise grimpait dans l'estafette qui partit en marche arrière pour défoncer la barrière d'entrée. Sur le perron, un soldat allemand apportait à Heindrich sa radio de campagne. Il lança aussitôt un appel à la Wehrmacht de Pont-l'Évêque pour demander des renforts et donner le signalement des fuyards. L'infirmier apparut à son côté ; non sans quelque fierté, il informa l'officier qu'il avait photographié le spectacle.

Le soir tombait et la camionnette filait à travers la campagne. Bernard, qui avait repris le volant, bifurqua vers un chemin de terre qui les conduisit dans un sous-bois. Encore quelques centaines de mètres et ils atteindraient la clairière où l'avion pour Londres devait les récupérer. Moins de dix minutes s'étaient écoulées depuis leur départ en trombe de l'hôpital.

À l'arrière du véhicule, Maria faisait un garrot à René dont la blessure semblait superficielle. Après les effusions et les embrassades, grisées d'être toujours en vie, les filles étaient retombées dans un profond mutisme. Elles savaient que seul l'avion les délivrerait du cauchemar. Pierre avait beau se montrer rassurant, elles suintaient l'angoisse. Louise tenait la main du géologue, qui continuait de gémir, malgré l'injection. Seule, Gaëlle semblait sereine.

– C'est le moment de se faire une promesse, dit-elle. Donnez-moi vos mains, vite.

Malgré leur étonnement, Gaëlle prit les mains de Louise, Jeanne puis celles de Maria et Suzy.

– Si on ne se revoit plus, le jour où la guerre sera terminée, quand on aura annoncé la victoire, si je suis toujours là, j'irai dans une église brûler un cierge pour chacune de vous quatre, même si je ne sais pas ce que vous êtes devenues. Promettez-moi de faire pareil.

Suzy et Jeanne échangèrent, cette fois, un regard complice.

– Promis, s'exclamèrent-elles à l'unisson.

– Moi aussi, promis, fit Maria.

Louise restait silencieuse.

– Ben allez, Louise, à toi, relança Gaëlle.

Louise répliqua alors :

– Rien ni personne ne me fera jamais retourner dans une église.

Un silence suivit. Le visage de Louise dégageait une telle intransigeance qu'il paraissait inutile d'insister.

– *A pencil, please... give me a pencil...*

Le géologue s'était redressé légèrement sur son brancard. Il tendait une main vers Louise et réclamait un crayon. Pierre lui donna le sien et un bout de papier.

D'une main tremblante, l'homme griffonna quelques mots. Agenouillée auprès de lui, Louise les déchiffrait au fur et à mesure : « *German officer knows about Phoenix. Kill him !* » *L'officier nazi est au courant de Phoenix. Tuez-le !*

Pierre s'empara du papier et l'examina d'un air grave.

– Qu'est-ce que ça veut dire ? demanda Louise.

Pierre ne répondit pas. Ils venaient d'arriver à destination. La camionnette s'arrêta sous les arbres, le long de la clairière. Avant de descendre, Pierre demanda à Bernard de mettre en place les balises lumineuses. Il ordonna aux filles de rester à leur place et fit signe à Louise de le suivre. Elle le questionna.

– Phoenix. Ça veut dire quoi ? Pourquoi il a écrit ce mot ?

Pierre se figea, embarrassé.

– Je ne peux pas t'en parler.

– Ah non? C'est comme pour Heindrich. Si je ne l'avais pas reconnu, il aurait pu croiser Suzy et nous étions tous morts. Quand est-ce que tu vas arrêter de me mentir? Tu n'as toujours pas confiance? Tu n'as pas changé.

Sur ce, elle se détourna pour rejoindre ses camarades, mais il l'attrapa par la manche. Derrière eux, les premiers feux de balise s'allumaient.

– La mission n'est pas terminée, il y a un plan B. Il va falloir neutraliser Heindrich. Nous avons encore une chance de le coincer à Paris.

Louise le toisa, interdite.

– À Paris? Tu veux nous envoyer à Paris? Avec Suzy, qui risque d'être reconnue à tous les coins de rue?

– C'est pour cette raison qu'elle a été choisie. Heindrich ne fera rien contre elle. Elle nous protégera.

Louise était abasourdie.

– Tu veux utiliser Suzy comme appât? C'est ton plan B? Mais elle n'en aura pas le cran.

Pierre baissait les yeux maintenant, incapable de faire face à sa sœur.

– Les filles ont rempli leur contrat, continua-t-elle. Laisse-les partir, nous on se débrouillera sans elles.

– Maria, René et moi filons à Paris ce soir, s'obstina Pierre. Bernard vous emmène passer la nuit à la planque. Vous nous rejoindrez demain.

Le point de chute est l'Institut des aveugles à Duroc, la directrice est des nôtres.

— Mais les filles risquent d'y laisser leur peau! protesta Louise.

Pierre répliqua sans broncher :

— Chaque jour, des agents meurent en mission...

Louise ne put se retenir plus longtemps et gifla son frère.

— Jamais vous n'auriez fait ça à des hommes, lâcha-t-elle avant de revenir vers l'ambulance.

Un vrombissement venu du ciel annonça l'arrivée de l'avion. Jeanne fut la première à le voir amorcer sa descente vers la piste balisée.

— Hé! les poulettes, voilà le taxi pour Buckingham!

Les autres filles sortirent, suivies par Bernard et René, qui transportaient le blessé sur sa civière. Tout le monde se pressa vers l'avion qui venait de se poser. Pierre s'interposa alors pour barrer le passage aux filles, Louise derrière lui.

— La mission n'est pas terminée, nous sommes attendus à Paris demain. Seul le blessé repart à Londres.

Jeanne crut à une blague et rit même de bon cœur.

— Il est con, celui-là. Allez, pousse-toi, chéri!

— Je ne plaisante pas. Vous restez ici.

Une chape de plomb s'abattit sur le groupe. Suzy commença à paniquer. Bernard et René chargeaient le géologue à bord de l'avion. Jeanne s'en prit à Louise.

– Pourquoi tu dis rien, toi ? T'étais dans le coup aussi ?

– Non, je viens de l'apprendre comme vous.

– J'en crois rien, vous nous avez bien baisées, vous valez pas mieux l'un que l'autre.

– J'ai tenu ma parole, vous devez tenir la vôtre. Il a jamais été question d'aller à Paris ! gémit Suzy qui semblait se fendiller comme une coquille.

Pour la première fois depuis très longtemps, Louise sentait les larmes lui monter aux yeux. Suzy s'élança pour rejoindre l'avion, mais Pierre la bloqua en la jetant au sol. Gaëlle, qui n'avait pas réagi, gardait les yeux rivés sur l'appareil qui s'apprêtait à décoller. Incapable de se contenir, Suzy piqua une crise de nerfs que Louise et Maria eurent beaucoup de mal à maîtriser. Jeanne la prit dans ses bras et lorsque son regard croisa celui de Louise, elle lâcha entre ses dents :

– C'est dégueulasse, ce que vous faites.

Elle serra Suzy contre elle un long moment. Pierre s'efforçait de rester distant.

– Dépêchez-vous de retourner à la planque, ordonna-t-il sèchement. Nous avons perdu assez de temps.

Son fusil en bandoulière, Bernard se mit en route, aussitôt suivi par Gaëlle. Après une hésitation, Suzy et Jeanne lui emboîtèrent le pas, résignées. Louise fermait la marche avec la valise pleine d'argent. De loin, elle remarqua Maria qui lui faisait un signe de la main. Elle ne répondit pas. Bernard leur fit emprunter un sentier qui coupait à travers la forêt. Ils avançaient à la file indienne, sans mot dire. Gaëlle décida de rompre le silence :

– Qu'est-ce qu'on va faire à Paris ?

– Ils nous le diront demain. Je n'en sais pas plus, mentit Louise.

– Et après Paris ? répliqua Jeanne. Ils vont nous envoyer où encore ? À Berlin, flinguer le Führer ? Non, parce que ça peut continuer longtemps comme ça pendant qu'on y est, c'est vrai...

Pierre, Maria et René s'apprêtaient à remonter dans la camionnette quand les phares d'un véhi cule les éblouirent. Maria eut le réflexe de se jeter à terre mais Pierre et René, soudain vulnérables, connurent une seconde d'hésitation qui leur fut fatale.

– Lâchez-vos armes et avancez les mains en l'air, cria Heindrich.

Sa silhouette apparaissait maintenant à contre-jour dans la lumière des phares.

Au regard que lui lança René, Pierre comprit qu'il allait tenter quelque chose. Il essaya de l'en empêcher mais René brandissait déjà sa mitraillette. Malgré sa blessure, il parvint à la faire crépiter avant d'être fauché par une rafale ennemie. Pierre se jeta à terre et porta sa capsule de cyanure à la bouche. Deux soldats l'empoignèrent par les épaules et lui firent recracher la pilule avant qu'il ne l'avale.

La première, Louise entendit les détonations. Jeanne et Suzy pressèrent le pas, suivies par Gaëlle. Bernard leur fit signe de s'arrêter.

– Restez là, je vais voir.

– Non, laisse-moi y aller, moi, supplia Louise. Elle rebroussa chemin en courant, pistolet au poing. Un terrible pressentiment l'envahissait, qui la ramenait brutalement quelques mois en arrière, à la gare de Bourg-en-Bresse lorsqu'elle avait vu Claude se faire abattre devant elle. Elle ne voulait pas revivre la même horreur avec son frère qui ne lui avait jamais semblé aussi proche. En moins d'une minute, elle rejoignit la clairière. Ce qu'elle y découvrit manqua de lui arracher un cri. René était mort et Pierre, blessé à la jambe, était traîné devant Heindrich par deux SS. Les battements de son cœur s'emballèrent. Louise savait qu'elle perdait tout contrôle d'elle-même. Mais elle ne put résister et son bras se leva pour mettre Heindrich dans sa ligne de mire. Elle allait appuyer sur la détente quand Maria surgit et l'arrêta d'un simple regard. Louise sentit le rythme de son cœur se stabiliser, tandis que Pierre était poussé dans la voiture du colonel, qui démarra aussitôt.

Les deux femmes rejoignirent le petit groupe. Bernard évita de les ramener à la maison où ils avaient passé la nuit précédente. Personne ne pensait que Pierre puisse parler sous la torture, mais Maria jugea inutile de prendre des risques. Ils investirent les ruines d'une ferme bombardée quelques jours auparavant.

Dans l'écurie abandonnée, Maria décrypta le message qu'elle venait de recevoir de Londres par radio. Louise la regardait en silence. Derrière elle, Suzy, Gaëlle et Jeanne se réchauffaient autour d'un feu allumé par Bernard.

– La mission est confirmée ? demanda Louise.

– Oui, acquiesça Maria, et vous passez la nuit ici. Bernard m'emmène à Lisieux puis reviendra vous chercher... Je monte à Paris préparer votre arrivée. Demain matin, vous prendrez le premier train pour la capitale. Cette nuit, vous dormirez dans la cave. C'est plus prudent...

Maria se leva, sa radio maintenant rangée dans sa valise. Elle remarqua Louise, qui semblait perdue.

– Je suis désolée pour ton frère.

– Pierre et toi ? interrogea Louise. Il y a eu quelque chose entre vous ?

Maria hocha la tête. Louise s'approcha et la prit dans ses bras.

– On se retrouve à Paris. Bonne chance !

Maria rejoignit Bernard qui l'attendait à la porte. Ils disparurent dans la nuit.

– Dire au revoir, ça lui arracherait la gueule à la Ritale ? s'exclama Jeanne, qui se réchauffait toujours près du feu.

Louise ouvrit une trappe conduisant à la cave et les invita à descendre. Les filles se firent prier; elles avaient froid et préféraient dormir à côté du foyer. Louise éteignit le feu pour les convaincre de se cacher. Elle alluma sa lampe tempête et contempla une dernière fois la campagne, avant de rejoindre les autres.

Au fond de la cave, dans un silence hostile, entourées de bouteilles vides et de clayettes de pommes, Suzy, Gaëlle et Louise restaient immobiles dans l'obscurité. Jeanne marchait de long en large pour se réchauffer, les yeux posés sur la valise d'argent liquide que Louise gardait serrée contre elle.

– Tu peux pas t'arrêter de marcher comme ça, tu me donnes le tournis à la fin, se plaignit Suzy.

– Dire qu'on se gèle le cul sur un tas de pommes pourries alors qu'on a des millions en petites coupures... C'est peut-être le moment de s'en servir de ce pognon, vous croyez pas?

Gaëlle s'en mêla :

– Comment tu peux penser à l'argent dans un moment pareil?

– Qu'est-ce que tu veux, c'est dans ma nature, je suis née putain comme toi cul béni, mon ange...

À la surprise générale, Gaëlle empoigna Jeanne par le col et la plaqua contre un casier à bouteilles.

– Tu veux dire que t'as l'habitude d'être humiliée c'est ça? Tu te rends compte de ce que tu te fais à force de te mépriser? Tu te rends compte, dis?

135

Jeanne ne réagit pas tout de suite, abasourdie par ce soudain éclat.

– Non, mais je rêve, comme elle parle, retourne à ton rosaire !

Jeanne la repoussa violemment. Louise vint s'interposer pour éviter à Gaëlle de prendre un coup de poing.

– Buck nous donne l'ordre d'aller à Paris. On y va toutes les quatre sans discuter, c'est compris ?

– Moi, je m'en fous de Buckmaster, lança Suzy. Je suis ni résistante ni espionne. Vous aviez qu'à prendre des pros, vous nous avez trahies, je peux plus vous faire confiance.

Gaëlle revint à la charge.

– Pierre est arrêté, René est mort... C'est notre devoir de prendre la relève !

– Notre devoir, mes fesses ! claironna Jeanne. Une fois la guerre finie, on redeviendra des putes ou des bonniches et plus personne se souviendra de nous ! Alors, je veux ma part maintenant.

Suzy vint se placer derrière Jeanne pour la soutenir. Jeanne fit un pas en avant, Louise sortit son pistolet qu'elle braqua sur elle.

– La première qui touche à cet argent ne le gardera pas longtemps.

Jeanne esquissa un sourire.

– Tu tireras pas sur moi... T'es pas comme ton frère !

– Tu veux parier ?

Un silence pesant emplit la cave. À l'étage, elles entendaient des pas. Bernard, rentré de la gare, avait rallumé le feu. Jeanne, le sourire aux lèvres, fit un nouveau pas en avant. Gaëlle et Suzy se raidirent. Le visage de Louise n'exprimait rien, mais sa main ne tremblait pas. Gaëlle savait qu'elle allait tirer.

– Donne-moi la valise, dit Jeanne.

Un bruit de moto explosa dans la nuit, immédiatement suivi de cris en allemand. Les filles se figèrent. Au-dessus d'elles, des coups de feu retentirent. Des objets tombèrent, puis des rafales de mitraillettes crépitèrent de toutes parts. Elles entendirent comme de terribles bruits de lutte, des corps roulant au sol et un hurlement déchirant.

Puis, enfin, le silence.

Suzy tremblait. Devinant qu'elle allait crier, Jeanne l'entoura de son bras en lui posant la main sur la bouche. Louise leur fit signe de ne pas bouger. Le pistolet au poing, elle s'avança sans bruit vers l'escalier en bois et gravit les premières marches sur la pointe des pieds. Sa main se posa sur la poignée de la trappe, qu'elle souleva. Les yeux au ras du plancher, Louise devinait des objets renversés à terre. Par la porte d'entrée entrouverte, elle distinguait la lumière pâle du jour qui se levait. Elle ouvrit un peu plus la trappe et sortit, le pistolet en évidence.

C'est alors qu'elle les vit. Bernard et l'Allemand, étendus dans une mare de sang, près d'un side-car de la Wehrmacht. Dans sa main, Bernard tenait encore le couteau qui avait égorgé son adversaire. Louise regarda autour d'elle. La campagne semblait calme mais d'autres soldats viendraient sûrement en renfort. Elles devaient fuir le plus vite possible. Louise se retourna pour chercher ses compagnes quand elle entendit un bruit. En un éclair, un homme, caché dans la cylindrée, se jeta sur elle. Écrasée par son poids, Louise s'écroula en lâchant son arme, qui valsa à plusieurs mètres. Le soldat avait sorti un couteau et Louise eut juste le temps d'arrêter son bras. Mais sa force était redoutable et la lame descendait peu à peu vers ses yeux. Louise craignait de ne pas tenir longtemps. Dans quelques secondes, le poignard plongerait dans ses orbites et, avec un peu de chance, elle serait tuée sur le coup. Le visage de l'homme semblait jouir par avance du spectacle. Louise sentit ses forces l'abandonner. Elle eut un cri de rage et tenta de repousser son agresseur une dernière fois, avec l'énergie du désespoir. Deux coups de feu retentirent derrière elle. Louise sentit du sang gicler sur sa bouche et son nez. La tête de son agresseur venait d'éclater comme une pastèque. Elle reçut le poids du cadavre sur sa poitrine, ce qui manqua l'étouffer. En se rabattant sur le côté pour respirer, elle aperçut Gaëlle debout dans l'encadrement de la porte, son pistolet encore fumant à la main. À son expression mi-horrifiée, mi-interloquée, Louise devina que sa jeune recrue venait de tuer son premier homme.

Derrière elles, Jeanne et Suzy, encore sous le choc, la regardaient bouche bée. Louise repoussa le cadavre et se releva.

– Il faut se dépêcher, dit-elle enfin. Il fera bientôt jour.

Une heure et demie plus tard, après une marche épuisante à travers champs, les filles avaient rejoint Lisieux où elles se séparèrent, Louise et Suzy d'un côté, Jeanne et Gaëlle de l'autre. À 9 h 30, elles s'installaient dans le train pour Paris dans deux wagons différents.

Assise en face de Suzy, dans un compartiment bondé, Louise ferma les yeux. Depuis quarante-huit heures qu'elle foulait le sol français, elle avait connu nombre d'aventures. Bientôt, si tout allait bien, le train arriverait gare Saint-Lazare. En ce 2 juin, ce qu'elle s'était interdit jusqu'à présent arriva brutalement. Elle s'endormit.

Pierre

Sous bonne escorte, le fourgon cellulaire qui emmenait Pierre s'arrêta au 84, avenue Foch à Paris. Pierre connaissait l'adresse de réputation. Les agents britanniques du SOE y étaient emprisonnés et interrogés, Jean Moulin y avait enduré son supplice et Pierre Brossolette avait profité d'un instant d'inattention de ses bourreaux pour se jeter du dernier étage par une fenêtre ouverte. Pierre regarda le trottoir où le malheureux s'était écrasé : aurait-il le même cran que le grand résistant ?

Arrivé dans les locaux du SD – le Sichertheitsdienst – le service contre-espionnage de la Gestapo, le prisonnier fut monté à la salle d'interrogatoire. Sa jambe le faisait horriblement souffrir. Les Allemands avaient grossièrement retiré la balle qui s'y était logée sans recoudre la plaie. Sur le palier du deuxième étage, Pierre reconnut Josef Goetz, en train de fumer une cigarette, accoudé à la rambarde. Buckmaster lui avait parlé à plusieurs reprises du personnage. Lorsqu'un agent britannique était capturé, Goetz se chargeait de mettre la main sur sa radio et son quartz pour envoyer de faux messages en morse au SOE afin de recueillir des informations.

Le Sturmbannführer Hans-Josef Kieffer officiait au quatrième étage. L'officier SS était informé de sa capture mais Pierre sut qu'il n'aurait pas à l'affronter comme il poursuivait sa douloureuse ascension vers le cinquième étage, qui abritait la salle de garde, le bureau de l'interprète et quelques cellules. Karl Heindrich l'y attendait déjà. Son visage fatigué trahissait le manque de sommeil et sa jambe raide rappelait sa blessure de la veille. Derrière lui, une secrétaire en tailleur et calot, était tranquillement installée derrière une machine à écrire. Le colonel fit signe à un soldat de retirer les vêtements de Pierre : on lui ligota les bras en arrière, il se retrouva suspendu au plafond à l'aide d'un tuyau. Aussitôt, ils arrachèrent de sa cuisse le bandage de sang coagulé, et enfoncèrent à même la plaie une fine aiguille de fer, choisie parmi les quatre autres disposées sur la table.

– Elles sont stérilisées, ne craignez rien, articula Heindrich.

En état de choc, Pierre poussa un hurlement, vite étouffé par le seau d'eau glaciale reçu en pleine figure. Un homme lui administra au visage une série de coups de poing qui lui décrochèrent la mâchoire. Il éprouva le goût du sang dans sa bouche. Le soldat qui le frappait connaissait son affaire car il arrêta de cogner juste avant que Pierre ne perde connaissance.

Détaché et impassible, Heindrich allumait une cigarette et dépliait un morceau de papier que Pierre, malgré sa vision troublée, reconnut immédiatement.

– « *German officer knows about Phoenix. Kill him.* » Qu'est-ce que ça veut dire ?

Pierre défiait Heindrich, s'efforçant d'ignorer la douleur qui le taraudait.

– Je l'ai trouvé dans votre poche, continua le colonel. C'est le géologue qui l'a écrit, n'est-ce pas ?

– Je ne sais pas de quoi vous parlez.

Heindrich esquissa un sourire. Il aspira une bouffée de sa cigarette, réprima une quinte de toux et éclata de rire, comme si Pierre venait de lui raconter une bonne blague.

– Je ne sais pas qui vous êtes, Monsieur SOE. Mais pour avoir un cran pareil, vous n'êtes sûrement pas n'importe qui. Et parce que vous n'êtes pas n'importe qui, vous savez ce qui se cache derrière le mot « Phoenix ». Vous ne voulez pas me le dire maintenant, mais vous finirez par avouer, croyez-moi !

Pierre demeurait de marbre. Heindrich observa les cicatrices qu'il avait déjà partout sur son torse. Puis il posa le papier sur la table et s'approcha de lui. Pierre se contracta, prêt à recevoir un nouveau coup. Mais l'officier se contenta de lui mettre sous le nez une photo des blocs de béton.

– Une de vos complices m'a volé des photographies de ces blocs. Vous savez ce qu'elles représentent, n'est-ce pas ?

Pierre ne bronchait pas. Il avait du mal à respirer.

– Elles ont un rapport avec le débarquement ? Répondez...

– Je vous l'ai dit, je ne comprends pas de quoi vous voulez parler.

L'un des soldats fit un pas en avant pour le frapper au ventre, mais Heindrich arrêta son geste. Il s'adressa à Pierre d'une voix posée, amicale presque, une voix qui ne trahissait pas sa fatigue.

– Vous voyez ces aiguilles sur la table ? La première sera glissée sous vos ongles. Croyez-moi, même pour quelqu'un de votre trempe, c'est très désagréable. Si vous vous obstinez, la deuxième sera introduite dans votre urètre, vous n'aimerez pas non plus. Enfin, si vous ne m'avez toujours pas dit ce que je veux savoir, la troisième vous perforera l'œil droit. Vous passerez ensuite la nuit dans une cellule. Demain matin, je reviendrai vous voir avec quatre nouvelles aiguilles. Je déteste avoir recours à ce genre de pratiques, mais si vous persistez, vous ne me laissez pas le choix, est-ce clair ?

Pierre baissa la tête. La peur l'envahissait. Elle aurait raison de lui s'il continuait à se soumettre au regard de Heindrich. On frappa alors à la porte. Heindrich donna l'ordre d'ouvrir, sans le quitter des yeux. Volker apparut et lui tendit un porte-documents.

– Veuillez m'excuser, mon colonel, mais j'ai reçu les photos que vous attendiez.

Heindrich parcourut rapidement les clichés du spectacle de l'hôpital. Souvent flous, ils ne permettaient pas de distinguer les visages des danseuses.

– Que voulez-vous que je fasse de cela ? Elles sont inutilisables, on ne voit rien !

– Il y en a une qui devrait vous intéresser, à la fin, vous allez voir.

Pierre releva la tête, priant pour qu'il ne s'agisse pas de Suzy.

Heindrich s'arrêta sur le dernier cliché. Trouble et mal cadré, il permettait néanmoins une identification. Il le tendit à Pierre.

– Vous ne la connaissez pas, j'imagine ?

Pierre découvrit le visage de Gaëlle, dissimulé derrière le rideau de scène. Il secoua négativement la tête. Sans broncher, Heindrich donna l'ordre à Volker de procéder à un agrandissement du cliché et de le diffuser dans toutes les gares de France.

– Ne croyez-vous pas que ces femmes ont regagné l'Angleterre, à l'heure qu'il est ?

– À l'heure qu'il est, je ne dois rien négliger, objecta Heindrich.

Puis sans autre considération il dépassa Pierre et quitta la pièce en lâchant :

144

– Allez-y. Quand il voudra parler, prévenez-moi.

La corde coupée, Pierre s'écroula à terre avec l'impression que tous ses os venaient de se briser. Les deux soldats ricanaient en marmonnant des mots incompréhensibles. L'un d'eux s'empara d'une aiguille pendant que l'autre lui déliait la main. Ils le soulevèrent pour le transporter jusqu'à un fauteuil à accoudoirs où ses poignets furent solidement attachés. La secrétaire se limait les ongles, sans même leur prêter attention. Pour ne pas penser à l'épreuve qui l'attendait, Pierre se força à revivre le passé, à travers un événement heureux. Curieusement, c'est au Bérail que son esprit le transporta. Il revoyait la cour pavée, le grand escalier de pierre, réplique parfaite de celui du château de Fontainebleau. Au pied des marches, il y avait une petite fille, qu'il pensait à jamais perdue dans sa mémoire. Prise d'un fou rire, elle jouait avec un gros chien qui lui léchait les joues. Elle l'appelait à son secours maintenant, car Pierre était présent lui aussi et riait autant qu'elle. Il se vit saisir le chien par le collier et libérer la petite fille. Il n'avait jamais été plus heureux qu'en ce jour d'été, plus de trente ans auparavant, quand Louise l'avait appelé à l'aide...

Louise

Le front appuyé contre la vitre du compartiment, Louise sentit une douleur lui envahir le
ventre. La peur ne la tenaillait pas cette fois, ni la
faim, non. Elle se connaissait trop pour ne pas
savoir combien cette sensation-là était différente
et nouvelle. Assise en face d'elle, Suzy l'observait,
inquiète. Louise ne se contrôlait décidément plus
tout à fait et cette idée la terrifia.

– Ça va comme tu veux ? T'as pas l'air bien...

Louise vit remuer les lèvres de Suzy, mais les
mots qui s'en échappèrent se diluèrent dans l'air
comme de l'encre dans un verre d'eau. La nausée
qui la saisit fut d'une telle violence qu'un instant
elle se vit vomir devant tous les voyageurs. Cette
image la plongea dans une fureur sourde. Elle ne
pouvait pas se donner ainsi en spectacle. Elle
devait réagir.

– Je vais faire un tour.

– Je viens avec toi, lança Suzy, heureuse
d'échapper aux regards insistants des passagers.

À ce moment-là, un sifflement retentit, suivi de peu par un terrible coup de frein qui projeta Louise et Suzy en avant. Des bagages, soudain expulsés des filets, tombèrent sur les voyageurs. Une valise s'ouvrit et laissa échapper un jambon entier, enveloppé dans un torchon. Une petite femme, assise à l'extrémité de la banquette, se précipita pour le remettre à sa place, comme une écolière prise en faute. Dans le couloir, des passagers criaient. Des yeux, Louise chercha la valise de Buck. Le vieillard à la chique, assis sur sa gauche, l'avait reçue sur ses genoux et il la soulevait tant bien que mal en gémissant.

– Mais qu'est-ce que vous avez là-dedans? ânonna-t-il.

Suzy se tourna vers lui mais Louise l'avait déjà précédée, arrachant la valise des mains du vieil homme.

– Ne touchez pas à cela!

Surprise par sa propre réaction, elle réalisa que la douleur avait disparu. Suzy semblait tout aussi ébahie et la regardait bouche bée.

– Allons voir ce qui se passe, continua Louise.

La douceur de sa voix l'étonna. Car, en son for intérieur, elle avait seulement envie de hurler.

Dans le couloir, la chaleur se faisait de plus en plus étouffante. Les voyageurs s'agglutinaient aux fenêtres en se bousculant. Une femme totalement effarée se dirigea droit vers Louise en hurlant : « J'ai perdu mon fils! Vous n'avez pas vu mon enfant ? » Louise l'écarta pour se frayer un passage, suivie de Suzy que tous les hommes dévisageaient avec concupiscence. Une femme, jalouse de l'attention qu'elle suscitait, lui barra le chemin.

– Putain ! T'as vu comment t'es habillée, t'as pas honte ?

– Non, mais ça va pas, qu'est-ce qui vous prend ? répliqua Suzy.

– Retourne dans ton bordel, salope !

Elle lui cracha au visage. Le souffle coupé, à deux doigts d'éclater en larmes, Suzy se ressaisit et poursuivit son chemin. Louise lui tendit simplement son mouchoir en disant :

– Il faut retrouver Jeanne et Gaëlle...

Suzy hocha la tête en s'essuyant la joue.

Autour d'elles, certains racontaient que le train s'était arrêté à cause d'une explosion sur la voie. D'autres étaient descendus de leur wagon et questionnaient les contrôleurs qui les incitaient à remonter. Au bord de la voie, une femme vêtue d'une robe bleue avait retiré ses chaussures. À côté d'elle, un homme s'épongeait le front. Derrière eux, une jeune mère faisait uriner sa fille. Louise les observait et poursuivait sa progression.

C'est alors qu'elle l'aperçut. De l'autre côté des rails, près du bosquet en contrebas. Claude.

Il la regardait avec ce sourire si rare qu'elle lui connaissait lorsqu'il était fier d'elle.

Louise se figea net. Curieusement, l'apparition de son mari la surprit moins que la veste qu'il avait endossée. Un modèle en velours côtelé noir qu'elle lui avait achetée à Grenoble l'année de leur rencontre. Si dans un moment de fol espoir, elle avait pu ou voulu croire à la survie de son mari, elle savait que cette veste ne pouvait plus être flambant neuve. Louise l'avait totalement déchirée lorsqu'il avait été blessé en janvier dernier, avant de l'abandonner en lambeaux et couverte de sang dans les orties du plateau d'Hotonnes. La veste la rappela à la réalité. Elle ne put s'empêcher de sourire.

– Ben, pourquoi tu t'arrêtes ?

La voix de Suzy la ramena sur terre. Louise se tourna vers elle, puis de nouveau vers le bosquet. Claude avait disparu.

Situé au milieu du convoi, le wagon-restaurant accueillait une dizaine d'officiers allemands. Complètement hilares, ils se racontaient une histoire désopilante autour d'une table où s'alignaient les bouteilles de vin vides. Dès que Suzy apparut, conversations et rires tombèrent. Voyant qu'elle avait marqué le pas à la vue des uniformes, Louise, quelques mètres derrière, lui souffla de poursuivre sans s'arrêter. Après une profonde inspiration, Suzy traversa le wagon d'une traite. Louise lui emboîtait le pas, les doigts crispés sur la poignée de la valise de Buck, s'efforçant de ne pas penser à son contenu.

Les visages empourprés des Allemands affichaient stupeur et amusement. L'un d'eux leva son verre et lança une phrase qui ressemblait à une invitation à les rejoindre. De nouveau, Louise sentit la douleur au creux de son ventre. La nausée la submergea. En voyant Suzy disparaître du restaurant, elle sut qu'elle n'atteindrait jamais la porte. Le vertige l'engloutit alors qu'elle dépassait la première table. Un major se leva pour la rattraper au vol. La valise de Buck tomba aux pieds d'un autre officier qui réclama aussitôt du secours.

Jeanne était furieuse.

Depuis Lisieux, Gaëlle lui avait enseigné les vertus comparées des grâces jésuite et janséniste. Elle avait même essayé de lui vanter les mérites de l'enseignement des jésuites : ne sont pécheurs que les esprits qui en ont conscience. Cette dernière remarque avait mis le feu aux poudres.

– Mais j'en ai rien à foutre de la grâce divine, je suis bien dans la fange, moi. J'aime le péché, j'en redemande même. En fait, je crois même pas en Dieu, tu veux savoir pourquoi ? Mon premier client, c'était un jésuite, jamais vu un mec aussi petit dans sa tête et je te parle pas du bas, c'était encore pis. Alors tu me lâches avec tes bondieuseries. Si tu veux convertir, je suis pas la bonne personne.

– Pourquoi tu me l'as pas dit que ça t'énervait ? Je t'aurais parlé d'autre chose, lui répliqua Gaëlle calmement.

– Mais j'ai pas envie que tu me parles ! Je veux que tu la fermes une bonne fois pour toutes. Tu me dis encore un mot et je t'explose à la gueule, tu devrais comprendre ça, c'est du langage de chimiste, non ?

– Vas-y, crie-le sur tous les toits, pendant que tu y es.

Jeanne sortit dans le couloir encombré. Au passage, un moustachu lui caressa les fesses. Elle se retourna.

– Dis donc, faut pas te gêner, tu me prends pour qui ?

– Pas pour une délicate, en tout cas.

Et, de nouveau, il appliqua une main sur son fessier à la grande joie de son entourage qui explosa de rire en applaudissant. Pour toute réponse, Jeanne le gifla violemment. L'homme fit un pas en arrière, portant la main à sa joue. Autour de lui, les applaudissements redoublèrent, à l'intention de Jeanne cette fois. Surprise par tant d'honneur, elle se sentait prête pour un deuxième service. Gaëlle ne lui en laissa pas le temps et l'attira vers l'extrémité du wagon.

– Tu veux vraiment faire un scandale, tu crois qu'on en a besoin ?

– La meilleure défense, c'est l'attaque. On m'a élevée comme ça. C'est justement pour ça que je suis là, relança Jeanne tout en insultant le moustachu.

Après un moment, soudain mélancolique, elle ajouta :

– Et c'est triste à dire, mais les Allemands, faut leur laisser ça, ils sont un peu mieux élevés que tous ces cons.

Gaëlle la considéra, interdite. Suzy, livide, surgit du soufflet.

– Te voilà toi, tu sais pourquoi on s'est arrêtés ? demanda Jeanne.

– Non, mais de ce côté, c'est bourré d'Allemands, et ils n'ont pas vraiment l'air inquiets.

– Louise, elle est où ? s'enquit Gaëlle.

– Elle était derrière moi il y a pas une minute.

Les trois femmes se regardèrent en silence. Toutes pensèrent la même chose.

– Si on l'avait arrêtée, je l'aurais entendue crier. Elle a dû être ralentie, poursuivit Suzy.

– On a aussi pu la contrôler, il faut aller voir, reprit Gaëlle.

Jeanne s'interposa.

– Reste là, je vais y aller. Il vaut mieux qu'on ne soit pas toutes ensembles.

Et Jeanne entraîna Suzy avec elle, sous le regard suspicieux de Gaëlle.

– Elle est peut-être malade, elle avait pas l'air bien, dit Suzy.

– Parce que toi, tu pètes le feu ? J'ai dormi trois heures en trois jours, j'ai un teint de merde, je sens la serpillière. À part ça tout va bien. Louise, elle est pas différente.

– Tu sais bien que si. Et là je te dis qu'elle a un problème.

Le wagon-restaurant était à moitié vide à présent. Un serveur débarrassait les tables lorsque

Jeanne et Suzy s'y engouffrèrent. Suzy repéra tout de suite la valise de Buck, posée sur une chaise. Elle fondit droit dessus pour s'en emparer lorsqu'un major SS s'interposa.

– Vous cherchez quelque chose ?

L'homme avait surgi d'un renfoncement. Il fumait une cigarette à l'eucalyptus. Son parfum corporel mêlé à une forte odeur d'eau de toilette lui souleva le cœur.

– Mademoiselle ?

Le SS avait repris la valise maintenant. Suzy ne pouvait plus bouger, captive de ses yeux bleu acier. Jeanne la sauva. Elle s'avança vers lui en usant de tout son charme.

– C'est la valise d'une amie. On était justement en train de la chercher, vous l'avez peut-être vue ?

L'homme la dévisagea en portant la cigarette à ses lèvres.

– Pourriez-vous me décrire cette amie ?

Le regard du type la transperçait. Jeanne conserva tout son aplomb. Elle fixa l'oreille droite du major, une technique qu'elle avait expérimentée avec ses premiers clients. Elle lui permettait toujours de renverser le rapport de force.

– Trente-cinq ans, les cheveux châtains, les yeux noisette, avec un béret brun.

À sa grande surprise, l'officier s'adoucit et lui tendit la valise.

– Vous la trouverez dans le compartiment au fond du couloir... Elle a eu un malaise, un médecin est en train de l'examiner...

– Un médecin ? demanda Suzy.

– Oui, le major Willteigen. Il est très qualifié, je vous assure.

Louise reprenait lentement conscience. Un homme en uniforme allemand était penché sur elle, en train de l'ausculter avec un stéthoscope. Elle était allongée sur la banquette, en combinaison, ses vêtements soigneusement pliés sur l'un des accoudoirs.

– Vous avez perdu connaissance. J'ai pris la liberté de vous examiner, je suis médecin. Depuis combien de temps n'avez-vous pas mangé ?

– Je... je crois que je ne supporte pas la foule... Je me suis sentie mal dans le couloir... Il faisait si chaud... Mais je vais bien maintenant, finit-elle par chuchoter.

L'homme esquissa un sourire et se leva pour ouvrir une grande serviette en cuir. Louise chercha la valise des yeux. Elle avait disparu. Elle sentit l'angoisse lui agripper le ventre. Le médecin lui tendit alors une plaquette de chocolat allemand.

– Tenez, mangez un peu. Il faut reprendre des forces.

Elle s'efforça de prendre une mine mesurée et se redressa sur la banquette. Ses doigts dégagèrent le papier argenté et elle mordit à même la tablette. Le goût du cacao lui envahit la bouche. Un chocolat de premier choix, comme elle n'en avait pas consommé depuis plus de cinq ans.

Le médecin ne la quittait pas des yeux. Louise appréciait la manière élégante avec laquelle il la traitait, en gardant ses distances.

– Vous n'avez pas d'alliance... Vous n'êtes pas mariée?

La question la percuta.

– Pardon?

– Votre mari n'est pas avec vous?

L'espace d'une seconde, elle revit le fantôme de Claude près des rails, juste avant son malaise. Un voile passa devant ses yeux.

– Non... il... il n'est pas là... pas en ce moment, bredouilla-t-elle.

– Il est au courant, j'imagine?

Louise sentit l'inquiétude monter. À quoi jouait ce type? Ses questions étaient-elles innocentes ou masquaient-elles des soupçons? Il avait sans doute ouvert la valise et trouvé l'argent. Jeanne, Gaëlle et Suzy étaient-elles déjà arrêtées? D'autres officiers attendaient peut-être dans le couloir. Elle pourrait tuer le médecin, là, tout de suite, avec la prise qui lui avait été enseignée à Beaulieu. Mais elle devait l'attaquer par surprise et il se tenait sur ses gardes. Et puis, elle n'avait pas la force suffisante pour lui briser le cou. Possédait-il une arme? Elle pourrait l'attirer et lui prendre son pistolet.

– Moi, j'étais déjà en France quand ma femme est tombée enceinte, il y a deux ans, reprit-il. Depuis, je n'ai pu voir ma fille qu'une seule fois...

la guerre... saloperie, vraiment... Je vous souhaite d'accoucher auprès de votre époux.

Il rangea son stéthoscope dans sa serviette. Louise eut soudain l'impression qu'un poids énorme venait de lui écraser la poitrine. Hypnotisée par l'air si doux de l'officier, elle demeurait interdite.

– Vous... vous voulez dire quoi exactement?

Il la considéra un moment, toujours charmant, puis son visage changea d'expression et la confusion sembla l'envahir.

– Mon Dieu... vous ne saviez pas? Mais vous êtes enceinte, madame, d'au moins trois mois. Je suis formel, il n'y a aucun doute.

Louise souhaitait répondre mais elle ne put émettre un son.

Gaëlle regarda sa montre. Jeanne et Suzy étaient parties depuis plus d'un quart d'heure maintenant. Personne ne savait quand le train repartirait. Elle bouillait de les rejoindre et cherchait un moyen de se calmer. Son regard se posa sur les voyageurs attroupés sur la voie. Un barbu en bras de chemise se grattait le nez. Elle décida de compter tous les barbus qu'elle apercevrait. Une bonne manière de s'évader. Mais lorsque le deuxième traversa son champ de vision, elle changea la règle du jeu. *Si je croise un troisième barbu, je pars chercher Jeanne et Suzy.* Elle inventoria un chauve, trois bonnes sœurs et un officier allemand qui fumait une cigarette et bavardait avec une jolie femme apparemment gênée de devoir converser avec lui. Derrière Gaëlle, une voix d'homme se fit entendre.

– Pardon, mademoiselle.

S'écartant pour céder le passage à un père et son jeune fils, elle distingua, par l'entrebâillement d'une portière de compartiment, un vieil homme au visage orné d'un collier de barbe.

« Un collier, ça vaut une barbe », se dit-elle en s'engageant dans le couloir pour rejoindre la voiture-restaurant. Suzy, l'air triste, était accoudée devant la fenêtre ouverte d'un couloir.

– Qu'est-ce que vous faites alors? Vous avez trouvé Louise?

Suzy posa sur elle ses yeux de biche apeurée.

– Elle a eu un malaise, apparemment, un docteur l'examine là... un Allemand...

– Merde! Et Jeanne?

Suzy se retourna.

– Elle était là, il y a pas deux minutes... avec la valise.

– La valise?

Jeanne enjamba les deux adolescents à béret assis sur le marchepied et se retrouva sur la voie, trop absorbée pour les entendre la siffler à son passage. La vue d'un soldat allemand en train de discuter avec un contrôleur la stoppa. La valise en main, elle tourna les talons dans la direction opposée, en prenant soin de ne pas presser le pas. Sur sa droite, des arbres lui tendaient les bras et au-delà, c'était la route d'Évreux. Avec un peu de chance, elle n'aurait pas à marcher plus de dix ou quinze minutes le long de la route, le temps qu'une voiture s'arrête. Elle avait vraiment manœuvré comme un chef. Dans une heure tout au plus, cette histoire ne serait plus qu'un mauvais souvenir.

– Jeanne, arrête-toi. Tu ne peux pas faire ça.

Gaëlle venait de la rattraper et la maîtrisait.

– Louise est avec un Schleu, c'est foutu, ma vieille. Tu fais ce que tu veux, moi j'ai choisi.

– Je croyais que tu voulais prouver à ta mère que t'étais une fille bien.

– Oh! Tu vas pas recommencer ton catéchisme! Change de disque!

– Rends-moi cette valise.

Gaëlle avait glissé son poignet dans la poche de son manteau. Jeanne baissa les yeux. Quelque chose pointait à travers.

– T'as quoi là-dedans? Ton missel?

Gaëlle haussa les épaules.

– Peut-être... pas.

L'image de l'Allemand à la tête éclatée revint à Jeanne l'espace d'une seconde. Elle revoyait Gaëlle debout l'arme encore fumante à la main, le cadavre de l'Allemand à ses pieds, sur Louise, recouverte de son sang.

– Et « Tu ne tueras point », t'en fais quoi? Deux fois en deux jours, ça serait pas lourd à porter pour une grenouille de bénitier?

– La grâce divine m'aidera, c'est ma préférée, comme tu sais.

Le roulement d'un sifflet retentit soudain.

« En voiture tout le monde ! » hurla le contrôleur.

Immobiles et seules, Jeanne et Gaëlle se faisaient face. Le convoi s'ébranlait. Gaëlle ne cillait pas.

Et si tout son prêchi-prêcha, c'était du flan ? se dit Jeanne. Si ce qu'elle voulait, elle aussi, c'était la valise ? Dans quelques secondes, le train aura pris de la vitesse, dans une minute au plus, il sera loin et plus personne ne verra Gaëlle l'abattre et se débiner avec l'argent. L'idée lui parut insupportable et elle sauta sur le marchepied au moment où il passait à son niveau. Surprise par sa volte-face, Gaëlle s'élança trop tard, laissant le convoi la prendre de vitesse et le marchepied devenir hors d'atteinte. Satisfaite de son tour de passe-passe, Jeanne la regardait courir mais presque immédiatement, mue par un reflexe qu'elle n'aurait pu expliquer, elle posa la valise et lui tendit la main. Gaëlle puisa ses dernières forces pour la saisir.

– Je te tiens, je ne te lâcherai pas, lui dit Jeanne.

Et elle la hissa sur le marchepied.

En la serrant contre elle, Jeanne plongea la main dans la poche de sa gabardine de Gaëlle. Elle n'y trouva qu'un mouchoir. Sa compagne lui sourit, ramassa la valise et pénétra dans le compartiment.

Jeanne resta interdite, avant de lâcher un juron.

Louise sortit du compartiment avec le médecin allemand. Elle était livide.

– Venez avec moi jusqu'au restaurant. Il leur reste sûrement quelque chose à manger. Cela vous fera du bien. Je vous invite...

– Ça va aller, je vous remercie.

– Comme vous voudrez. Mes hommages, madame, et courage.

Louise attendit qu'il se soit éloigné pour foncer aux toilettes. Au moment de s'y engouffrer, elle vit Suzy dans le couloir.

– Louise !

Sans même s'arrêter, elle lui referma la porte au nez et s'effondra en larmes. De l'autre côté, Suzy tambourinait.

– Louise, parle-moi... Ça ne va pas ? Qu'est-ce qu'il t'a dit ?

– C'est rien... juste un coup de fatigue... ça va aller.

– Mais tu pleures ? Tu pleures, Louise ?

Elle se laissa glisser le long de la porte en se mordant le poing. Pour la première fois depuis le début de leur aventure, le doute lui venait.

Le train arriva en gare de Paris Saint-Lazare avec deux heures et demie de retard. Louise avait retrouvé des couleurs et son visage ne montrait plus aucun signe d'émotion. Jeanne, Gaëlle et Suzy l'observaient à la dérobée mais Louise était restée silencieuse. Suzy et elle descendirent à quai les premières. Jeanne et Gaëlle les suivaient, à quelques mètres. Elles avaient toutes pour consigne de se rendre séparément à l'Institut des aveugles de Duroc. Louise repéra quatre Feldgendarmes qui contrôlaient les voyageurs en tête de train. L'un d'eux détenait un document. Au mouvement de ses yeux, qui passaient du papier aux visages des passagers, Louise comprit qu'il regardait un avis de recherche. L'une d'elles avait-elle été identifiée ? Pierre avait-il parlé ? Son cœur s'emballa, mais son esprit lui commanda de ne rien révéler. Elle ralentit sa marche, de manière à être rejointe par Jeanne et Gaëlle.

– Il y a un contrôle. Restez calmes, il n'est peut-être pas pour nous. Nous nous retrouvons dans une heure chez les aveugles boulevard des Invalides. Assurez-vous de ne pas être suivies. En cas d'empêchement, rendez-vous demain midi, métro Concorde, sur le quai, direction Pont-de-Neuilly... À partir de maintenant, plus personne ne se connaît.

Elles se dispersèrent dans le flot des voyageurs. Mais en voyant Suzy se liquéfier, Louise l'empoigna d'une main pour la garder sous son contrôle. De l'autre, elle serrait toujours la valise du SOE.

– Je suis sûre que c'est pour nous. Ton frère a dû nous balancer, gémit Suzy.

– Tais-toi et reste avec moi.

Louise huma un parfum familier derrière elle. Quelqu'un lui confisqua sa valise. Elle se retourna pour se retrouver nez à nez avec le médecin qui l'avait auscultée.

– Permettez-moi, madame, dit-il en s'inclinant.

– Merci, docteur, c'est très gentil à vous, se surprit à répondre Louise en attirant Suzy à elle. Je vous présente mon amie Liliane.

– Enchanté, mademoiselle. Venez avec moi, il n'est pas bon d'attendre dans votre état.

La valise à la main, il doubla la file des voyageurs, salua les Feldgendarmes et traversa sans peine le barrage, suivi de son escorte. Personne ne prêta attention aux filles.

Quelques mètres plus loin, Jeanne avançait toujours. Dans la foule, elle reconnut le malotru qu'elle avait giflé dans le train. Pas rancunier, il lui adressait maintenant des baisers virtuels. Approchant du contrôle, elle déboutonna son chemisier et avisa un Feldgendarme à galon.

– Monsieur l'agent, se plaignit-elle, depuis Lisieux j'ai été enquiquinée par le moustachu, là-bas. Des mains baladeuses je vous dis pas, et un drôle de genre, la conscience pas claire, si vous voyez ce que je veux dire.

Son interlocuteur jeta un coup d'œil au type, qui continuait d'envoyer des baisers à toutes les femmes qui passaient à sa hauteur.

– Ne vous inquiétez pas, madame, on va le contrôler, tenez, allez-y, passez.

– Heureusement que vous êtes là, répliqua Jeanne. On se sent en sécurité avec vous.

Elle passa comme un charme au moment où le moustachu, interpellé par l'agent, commençait à attirer l'attention sur lui. Jeanne se tourna une dernière fois vers Gaëlle et mit le cap sur la sortie.

Seule dans la file, Gaëlle sentait son pouls battre plus fort. Parvenue devant le contrôleur, elle lui tendit ses papiers qu'il inspecta rapidement avant de lui faire signe de passer. Rassurée, elle reprit sa carte d'identité et lui adressa son plus beau sourire. Elle ne remarqua pas le signe de tête qu'il adressait à un agent en civil. Alors qu'elle se dirigeait vers l'entrée du métro, elle sursauta au contact d'une pression subite : une main s'abattait sur son épaule.

Heindrich

Heindrich avait mis son point d'honneur à brosser le portrait-robot le plus fidèle possible. Pourtant aucune couleur n'avait pu restituer l'éclat sauvage des prunelles de l'infirmière, son regard glacé, empreint de morgue. Des heures durant, dans son bureau du Regina, il avait élaboré sans relâche nombre de maquettes. Devant le médiocre résultat, le découragement l'avait envahi pour la première fois depuis quarante-huit heures. La fatigue des derniers jours ne jouait pas en sa faveur. Il doutait de plus en plus sérieusement de toucher Rommel avec des arguments convaincants. Et ce prisonnier qui ne parlait toujours pas. Plusieurs aiguilles lui avaient retourné les ongles, l'une avait bien failli lui perforer l'urètre. Il perdrait probablement un doigt ou deux aujourd'hui..., tout cela en vain, Heindrich avait la conviction que l'homme se laisserait mourir plutôt que de faire des aveux. « Phoenix » devait forcément concerner les blocs de béton photographiés par leur avion, mais, tel un amateur face aux pièces dispersées d'un puzzle, il lui manquait le dessin général pour atteindre le but.

– Mon colonel, interrompit Volker en posant devant lui une pile de documents, j'ai sorti des fichiers de la Gestapo. Certains clichés pourraient correspondre au portrait-robot. Voulez-vous les regarder ?

Que ferait-il sans Volker ? Ce garçon était vraiment son ange gardien. Ou tout simplement bienveillant à son égard.

La plupart des photos représentaient des maquisardes ou des filles affiliées à la Résistance. Aucune ne faisait référence à des agents du SOE. Sans trop y croire, il les étala devant lui. Tout à coup, un profil lui sauta au visage. Il émanait d'un avis de recherche. Il s'agissait d'une certaine Louise Granville, née Desfontaines, épouse d'un chef de maquis du réseau Corlier, tué à la gare de Bourg-en-Bresse au début du mois d'avril.

– C'est elle ! s'exclama Karl.

L'énergie lui revint. Comme le joueur d'échecs qui vient de deviner la combinaison gagnante, il comprit qu'il ferait mat.

– En êtes-vous certain ? reprit Volker. Cette femme n'a été signalée nulle part depuis deux mois au moins. La Gestapo la pensait morte ou passée en Espagne.

– Elle était juste en Angleterre et je suis sûr qu'elle en est revenue. Conduisez-moi avenue Foch. Je veux interroger le prisonnier.

En traversant le hall du grand hôtel, Karl se trouva de nouveau confronté à Eddy.

– Mon colonel, il faut que je vous parle. Cette fois, je crois que c'est la bonne.

Karl sentit une sourde colère l'envahir.

Comment Eddy pouvait-il avoir l'audace de l'aborder en présence de son aide de camp ?

– Volker, pouvez-vous m'attendre dans la voiture ? J'en ai pour une seconde.

– Bien, mon colonel.

Il attendit de le voir disparaître pour saisir vigoureusement Eddy par le bras et l'entraîner vers le bar, désert à cette heure matinale.

– Vous vous croyez où ? Vous pensez pouvoir débarquer ici comme bon vous semble pour me parler de vos petites magouilles ? Vous pensez que je n'ai rien de plus important à faire ?

Pour toute réponse, Eddy plaça la photo devant le nez de Karl.

– Avouez que j'y suis cette fois, non ? C'est presque ça, dites-le moi franchement.

Une fois encore, la fille n'avait rien à voir avec Liliane. En contemplant sa moue vulgaire et sa pose de grue, Karl sut sa collaboration avec le jeune homme arrivée à son terme. Il déchira la photo.

– Vous ne comprenez rien depuis le début. Maintenant fichez le camp, je ne veux plus jamais vous croiser ici !

– Le sosie de votre amie, ça ne se trouve pas sous le sabot d'un cheval aussi, plaida Eddy. Vous ne vous rendez pas compte de ce que vous me demandez.

Karl le toisa une dernière fois.

– Je ne vous ai jamais rien demandé. Ne vous cherchez pas d'excuses, lâcha-t-il avant de s'engager vers la porte tournante.

Eddy se sentit misérable. Le colonel ne lui avait en effet jamais rien demandé. Plus d'un an auparavant, en apprenant que sa fiancée s'était volatilisée le jour du mariage, il avait eu l'idée d'approcher Heindrich. Grâce à son réseau d'indics, il était persuadé de pouvoir la retrouver et décrocher ainsi son bureau d'achat, condition *sine qua non* pour s'enrichir grâce au marché noir. Eddy avait déchanté rapidement car la fille semblait avoir totalement disparu de la circulation, probablement éliminée par un réseau de résistants ou liquidée par les nazis eux-mêmes, Heindrich ne comptant pas que des amis dans ses propres rangs. Mais un jour, une femme de chambre du Regina, avec laquelle il entretenait une liaison, lui avait rapporté les bruits qui couraient au sujet de l'officier. Heindrich avait conservé intacte la chambre 813 où Liliane et lui s'étaient aimés. À la faveur de la nuit, il venait presque quotidiennement, toucher religieusement les robes portées par la jeune femme. Enfin, un soir, une gouvernante entrée pour changer l'eau des fleurs avait surpris le colonel en compagnie d'une fille de joie. Il lui demandait de passer une tenue de sa bien-aimée.

C'est ainsi qu'Eddy avait fait à Heindrich une nouvelle offre : à défaut de trouver Liliane, l'officier pourrait ressusciter son souvenir avec des sosies. Il avait conscience du culot de sa suggestion, mais à sa grande surprise, le colonel l'avait acceptée. Aujourd'hui, après plusieurs mois de recherches vaines et une dizaine de filles présentées, tout ce travail serait terminé? Il ne pouvait l'accepter. Alors qu'il sortait du Regina, l'esprit encore chamboulé par le camouflet qu'il venait de subir, Eddy ne vit pas une passante débouler droit sur lui. Il la prit de plein fouet et trébucha sur le trottoir.

— Vous ne pouvez pas faire attention, hurla-t-il, avant de se reprendre, charmé par la beauté de la jeune femme.

— Excusez-moi, c'est ma faute. J'étais dans la lune, je ne vous ai pas vu arriver.

Eddy l'aida à se relever. Elle était menue et avait un regard noir très profond.

— Vous rigolez! J'ai réagi comme un goujat, permettez-moi de me rattraper, je vous offre un verre. Appelez-moi Eddy, vous c'est comment?

— Maria, répondit la passante en s'accrochant à son bras.

Ils se mirent à marcher vers le café le plus proche.

Depuis plus d'une minute, Pierre avait la tête sous l'eau. Heindrich notifia à ses hommes de suspendre le geste. Empoigné par les cheveux, le prisonnier fut jeté contre le carrelage.

– Pour la dernière fois, où se trouve Louise Desfontaines ? demanda Heindrich en écrasant sa cinquième cigarette.

Pierre était défiguré mais Heindrich avait ordonné de ne pas abîmer ses yeux. Il tenait à ce que le prisonnier identifie la photo de Louise. Peine perdue, Pierre s'obstinait.

– Alors ? reprit l'officier.

Pierre fixa son visage endolori sur Heindrich.

– Je ne la connais pas... Je ne l'ai jamais vue.

Le colonel s'agenouilla près de lui.

– Je n'ai pas envie de vous tuer. Vous êtes un homme courageux, ce que je respecte. Mais je sais que vous mentez, et je sais aussi que vous ne pourrez pas supporter davantage de souffrance.

Pierre demeura impassible. Puis, il fit signe à Heindrich d'approcher. L'officier pencha la tête, le cœur battant. Les lèvres de Pierre remuaient mais elles ne formaient aucun mot.

– Qu'est-ce qu'il y a ? Dites-moi, je vous écoute...

Dans un ultime effort, Pierre lui cracha au visage, et se mit à ricaner en hoquetant. Les tortionnaires lui sautèrent dessus et le tabassèrent. Heindrich se redressa. Il savait que le prisonnier s'enfermerait définitivement dans son mutisme. Une impression de gâchis le tenaillait, mais il indiqua à ses hommes d'en finir avec lui.

Le téléphone sonna sur le bureau de la secrétaire, dont l'officier avait oublié jusqu'à la présence.

– Allô ? Très bien, je vous le passe. Mon colonel, c'est pour vous, minauda-t-elle en lui passant le combiné.

À l'autre bout du fil, Volker lui annonça qu'un des membres du commando, une fille, venait d'être appréhendé. Heindrich respira bruyamment. La Providence ne l'avait donc pas abandonné. Il ordonna de suspendre la mise à mort.

Moins d'une heure plus tard, Gaëlle faisait son entrée dans la pièce. À la vue de Pierre mutilé, elle laissa échapper un cri.

– Mademoiselle a été arrêtée à la descente d'un train venant de Lisieux il y a une heure... Je ne vous présente pas, précisa Heindrich.

Un tortionnaire força Pierre à regarder Gaëlle en face.

– Si vous êtes indifférent à votre propre douleur, peut-être serez-vous sensible à celle de votre jeune amie.

La respiration de Pierre était stable à présent. Les yeux fixés sur Gaëlle, il la considérait sans la voir. Heindrich intima l'ordre de déshabiller la prisonnière. Tétanisée, Gaëlle demeurait de marbre tandis qu'un homme lui enlevait ses vêtements. Vêtue de ses seuls bas, elle tremblait maintenant de tous ses membres. Heindrich hocha la tête et Gaëlle fut sanglée à une chaise, dans une pose humiliante, exposée ainsi à la vue de tous sous la lumière blafarde de la salle d'interrogatoire. Apercevant les instruments chirurgicaux, elle eut un spasme et libéra un mince filet d'urine qui ajouta encore à son humiliation. Pierre, de son côté, masquait au prix d'un ultime effort tout signe d'émotion.

– « Phoenix », qu'est-ce que ça veut dire ? répéta une fois encore Heindrich.

Pierre ignora la question. Un agent de la Gestapo attrapa une pince et s'avança vers Gaëlle, qui gesticulait sur son siège en pleurant.

– Où se trouve Louise Desfontaines ? interrogea l'officier imperturbable.

Devant le mutisme de Pierre, le tortionnaire referma sa pince sur le doigt de Gaëlle.

– Arrêtez ! cria-t-elle.

Louise

À la sortie de la gare, Louise avait installé Suzy dans un vélo-taxi et donné au conducteur l'adresse de l'Institut des aveugles. Elle préférait marcher seule, même si le parcours représentait un long chemin jusqu'à Duroc. Elle éprouvait la nécessité absolue de déambuler dans les rues pour calmer la tempête qui faisait rage sous son crâne.

Louise n'était pas sûre de vouloir continuer la mission.

La nouvelle de sa grossesse avait fait voler en éclats toutes ses certitudes, et notamment son désir de sacrifice. Elle ne croyait pas en Dieu, mais, pour la première fois, elle se dit que la Providence lui parlait. En descendant vers la Concorde, elle repensait à la dernière fois où Claude lui avait fait l'amour, la veille de l'opération de Bourg-en-Bresse. Le bébé avait dû être conçu à ce moment-là. Et l'enfant qui prenait vie dans son ventre lui rappelait son mari. Elle devait lui laisser une chance, même si le monde s'effondrait autour d'elle et peut-être justement parce qu'il s'effondrait.

Mais en privilégiant l'enfant, Louise avait conscience de mettre la mission en péril. Jeanne, Suzy et Gaëlle pourraient-elles continuer sans elle ? Maria était largement aussi qualifiée qu'elle pour diriger les opérations. Et puis Louise ignorait si elle pourrait revoir Pierre vivant.

Abandonner la mission signifiait choisir la vie, plus forte que les morts qu'elle avait déjà laissés derrière elle sans compter ceux qui allaient encore tomber. Que faire alors de la valise du SOE ? Cet argent était indispensable au bon déroulement de l'opération ; Maria en aurait forcément besoin pour acheter des renseignements et assurer la fuite de son équipe. Disparaître avec la valise revenait à les condamner tous. Louise ne pouvait pas quitter la France et mettre au monde son enfant sans un sou. Elle hésita : se servir dans la valise revenait à voler son propre camp et tourner le dos à tous ses principes. Elle s'en savait tout bonnement incapable.

Elle errait depuis plus d'une heure, entre Saint-Lazare et la Concorde, en ressassant ses pensées, lorsqu'elle aperçut une patrouille en train de contrôler des passants au bout de la rue. Elle bifurqua et pénétra dans un square où elle se dissimula derrière un arbre pour guetter les soldats. Ils fouillèrent encore trois passants avant de remonter vers la gare. Louise s'apprêtait à repartir lorsqu'elle aperçut, assise sur un banc, une jeune maman qui donnait le sein à son bébé. À admirer cette femme complètement monopolisée par l'être blotti au creux de son bras, Louise y vit un nouveau signe envoyé par Claude. Il lui indiquait la voie à suivre. Elle resta plus d'une demi-heure à observer la jeune femme. Enfin, sereine et sûre de sa décision, elle savait qu'elle allait rendre l'argent à Maria et disparaître dans la nature. Mais au même instant, un officier allemand entra dans le square. Louise se figea. Avait-elle été repérée? Instinctivement, elle glissa la main dans la poche de son manteau et empoigna son revolver. Mais le gradé la dépassa sans même lui jeter un regard et marcha directement vers la femme sur le banc. Il lui donna un baiser passionné et saisit le bébé dans ses bras pour le soulever vers le ciel.

Louise se rendait compte maintenant, avec effroi, qu'il s'agissait du bébé de l'Allemand. Gagnée par une rage sourde, elle s'en voulait de s'être attendrie devant cette mère en qui elle ne voyait plus qu'une âme corrompue par le SS qui s'était invité dans son lit. Le monstre donnait à présent sa casquette en guise de hochet à son enfant. Il venait de ruiner tous les projets de vie heureuse que Louise avait brièvement échafaudés. En quelques secondes, la haine, la rancœur et la vengeance habitaient de nouveau son cœur.

Finalement, Claude la conviait à continuer la lutte.

Une heure plus tard, elle sonnait à la porte de l'Institut des aveugles. La directrice, une vieille dame au visage parcheminé, la reçut, blême d'inquiétude.

– Je suis en retard, s'excusa Louise, mais le facteur s'est endormi.

Reconnaissant le mot de passe, Mme Duchemin poussa un soupir de soulagement.

– Tout le monde se demandait ce qui vous était arrivé. Dépêchez-vous, elles vous attendent.

Elle conduisit Louise au réfectoire principal. En empruntant une galerie extérieure qui longeait une cour plantée d'arbres, Louise aperçut quelques enfants vêtus de blouses grises à qui un instructeur apprenait le piano. Les yeux blancs des jeunes aveugles leur donnaient l'air de fantômes hébétés.

Louise retrouva Jeanne et Maria installées autour d'une table, tandis que Suzy, vêtue comme une cocotte, s'occupait de parfaire son maquillage. Maria leva les yeux au ciel.

– On s'inquiétait, on pensait que tu avais eu un problème.

– Je m'étais perdue dans le quartier, mentit Louise. Gaëlle n'est pas là ?

– Pas encore, non. Elle était derrière moi quand je suis passée au contrôle, dit Jeanne. Après, je l'ai perdue de vue.

Louise regardait Suzy, qui n'avait pas levé le nez de son poudrier.

– Et Suzy, peut-on savoir ce que tu fais dans cette tenue ?

– Justement, j'aimerais bien le savoir, rétorqua Suzy. Mais à ce qu'il paraît, c'est top secret.

– Je l'emmène voir quelqu'un, reprit Maria.

– Mais tu me promets que c'est pas un Allemand, hein ? demanda Suzy soudain terrifiée.

Maria lui opposa un silence lourd. Louise réagit immédiatement :

– Maria, je peux te parler deux minutes ?

– Pas maintenant, on est trop pressées.

– Alors Suzy ne va nulle part, elle reste là.

Comprenant que Louise ne transigerait pas, et que les autres se rangeraient derrière elle, Maria lui enjoignit de la suivre. Jeanne, qui n'appréciait pas d'être laissée hors de la confidence, leur lança d'un ton rageur.

– Et nous, on reste là, qu'est-ce qu'il y a ? On est des têtes de piafs ?

Maria avait conduit Louise dans la salle de prières. Là, elle lui avoua où elle entraînait Suzy. Louise prit un moment pour réfléchir. Maria fixa une grande armoire dont elle ouvrit les battants avant d'écarter les étoles suspendues.

– Et cet Eddy, tu crois qu'il est fiable ? finit par demander Louise.

– On le surveille depuis un moment déjà. Heindrich le paie pour lui trouver des sosies de Suzy.

Et il n'est jamais pleinement satisfait du résultat.
Là, j'ai tout fait pour qu'il organise un rendez-
vous entre Heindrich et Suzy.

Maria retira le double fond de l'armoire, laissant apparaître une cache avec des armes et une
radio.

– Les retrouvailles doivent avoir lieu où?

– Là où ils se sont aimés, chambre 813 au
Regina.

– Et qui appuiera sur la détente?

– Suzy... On aura caché une arme sous le
matelas dans la chambre, dit Maria en brandis-
sant un pistolet.

Louise secoua la tête.

– Suzy tuer Heindrich? Elle est incapable de
faire du mal à une mouche.

– Ce sera à toi de la convaincre, alors.

– Convaincre Suzy d'accepter une mission suicide? Tu ne la connais pas.

Maria regarda l'heure. Elles devaient partir,
Eddy les attendait. Tandis qu'elle retournait au
réfectoire chercher Suzy, Louise s'assit sur un
banc, découragée. Quelques secondes plus tard,
elle s'aperçut que Jeanne, entrée dans la pièce,
avait pris en main l'un des pistolets de l'arsenal.

– Elles sont parties. Nous, on fait quoi pendant
ce temps?

– On attend, répliqua Louise.

Jeanne s'amusait à viser un ennemi imaginaire
avec son arme. Ne sachant pas si le pistolet était

177

chargé, Louise se tenait sur ses gardes, prête à réagir.

– Dans le bus qui m'a amenée, y avait un Boche assis devant moi, continua Jeanne. Figure-toi que l'étui où il avait rangé son flingue, il était ouvert. Il s'en était même pas aperçu, ce con... Mais il s'est rien passé...

– Qu'est-ce qui aurait dû se passer ?

Jeanne se figea un moment, le regard perdu dans le vague. Louise lui trouva soudain une ressemblance frappante avec les enfants aveugles qu'elle avait croisés dans la cour.

– Des fois je me dis que la guerre, elle sera gagnée quand on aura les couilles de prendre le flingue d'un mec comme ça dans son étui et de lui faire sauter la cervelle devant tout le monde.

Un bruit les fit tressaillir.

– Tu crois que c'est Gaelle ?

Louise fit non de la tête et demanda à Jeanne de se taire. Elle savait où elle avait déjà entendu ce grondement sourd ; il y a deux mois, à la gare de Bourg-en-Bresse, juste avant l'arrivée de la colonne d'Allemands. Discrètement, elle entre-bâilla la porte qui donnait sur la cour. Elle vit aussitôt un détachement de soldats emprunter la galerie extérieure. Heindrich ouvrait la marche, suivi par deux chiens tenus en laisse.

Louise referma la porte.

– On fout le camp, aide-moi, vite !

Toutes deux se précipitèrent sur les valises qu'elles ouvrirent pour y enfourner des armes.

– Et Gaëlle ? demanda Jeanne en empoignant une mitraillette Sten.

– C'est trop tard, on ne peut plus attendre.

Mme Duchemin fit alors irruption dans la salle de prières.

– Venez avec moi, il faut se dépêcher.

Louise et Jeanne lui emboîtèrent le pas, chacune une valise à la main.

Dans la cour, à la demande de Heindrich, deux surveillantes faisaient s'aligner les jeunes aveugles. Louise, Jeanne et la directrice se faufilèrent pour gagner l'escalier conduisant à la cave. Une fois en bas, la directrice souleva une trappe ouvrant sur un passage obscur.

– Continuez par les égouts et vous arriverez au métro.

Louise et Jeanne disparurent dans l'obscurité.

– Ton frangin, il savait qu'on était chez les aveugles ? demanda Jeanne en prenant garde de ne pas glisser.

– Il ne nous a pas données, je connais mon frère. Il préférerait mourir plutôt que de parler.

– Alors si c'est pas lui, c'est Gaëlle...

L'inspection de la salle de prières avait permis à Heindrich de découvrir l'arsenal dissimulé dans l'armoire. Mme Duchemin fut aussitôt conduite devant le colonel.

– C'est ça, l'enseignement que vous dispensez à vos élèves, chère madame ?

Il lui montra le pistolet, un modèle de l'armée anglaise. La directrice baissa la tête.

Deux soldats entrèrent avec une jeune aveugle terrorisée, qu'ils forcèrent à s'agenouiller.

– Où est Louise Desfontaines ? continua Heindrich en armant son pistolet.

Mme Duchemin pleurait à présent. En face d'elle, sa jeune pensionnaire se débattait en l'appelant à l'aide.

– Je vous ai posé une question, reprit Heindrich.

– Je ne connais personne de ce nom, lâcha la vieille dame.

Heindrich appuya deux fois sur la détente. La jeune aveugle s'écroula, touchée de deux balles en plein cœur. Heindrich réitéra sa question. Haletante, mais plus déterminée que jamais, la directrice bredouilla qu'elle ne connaissait pas de Louise Desfontaines.

Sorties des égouts, Jeanne et Louise n'avaient d'autre choix que de rejoindre Maria et Suzy pour les avertir de ne pas retourner à l'Institut. Maria avait donné l'adresse de leur rendez-vous. À la nuit tombée, elles arrivèrent devant un hôtel particulier, au pied de la tour Eiffel, rue Élisée-Reclus.

– Dis donc, il s'emmerde pas, votre Eddy, marmonna Jeanne en franchissant la lourde porte en fer forgé. Il fait quoi comme boulot ?

– Collabo, répondit sèchement Louise.

Elle plongea sa main dans sa poche de manteau vers le pistolet qu'elle avait réussi à subtiliser à l'Institut. Toucher le métal froid de l'arme avec le bout de ses doigts la rassurait. Presque détendue, sa main se referma sur la crosse, et son index se posa sur la détente. Si, bientôt, quelque chose devait mal tourner, elle se tenait prête. Elles entrèrent dans l'ascenseur et Jeanne appuya sur le bouton du sixième étage.

Eddy se servait un nouveau verre de vin. À la radio, passait une chanson d'Yves Montand.

– J'adore la voix de ce type, on dirait qu'on le chatouille quand il chante. J'aime pas les chanteurs tristes, moi, ça me fout le bourdon.

Attablée à côté de Suzy, Maria lui décocha son plus beau sourire.

– Moi aussi, je l'aime bien, en plus il est italien tu sais, comme moi.

– Yves Montand, Italien? Tu te fiches de moi.

Il vida son verre d'un trait et revint s'asseoir. Face à lui, Suzy se tortillait sur sa chaise. Elle n'avait toujours pas prononcé un mot depuis leur arrivée. Eddy la dévisagea droit dans les yeux.

– C'est bath, Suzy, non? Grâce à toi, je vais enfin pouvoir reprendre le business avec le colonel.

– Quel colonel? demanda Suzy.

Eddy marqua une pause. Au regard inquiet que Suzy lança à Maria, il comprit qu'elle ne connaissait pas tous les détails.

– Ben, celui à qui je vais te présenter demain, tiens! Je vais te montrer un truc, tu vas comprendre.

Il se leva et tituba vers un secrétaire pour ouvrir un tiroir d'où il sortit une photo.

– Regarde ça, j'invente pas. T'es le portrait craché de la poule qu'il recherche depuis deux ans... à croire que c'est le ciel qui t'envoie.

Et il tendit à Suzy le cliché sur lequel Liliane posait avec son amoureux dans sa robe Chanel, à la soirée qui avait marqué le zénith de son histoire avec Karl. Suzy ne put dissimuler son émotion. À ce moment-là, on frappa à la porte. Maria se tourna vers Eddy.

– Tu attends quelqu'un?

– Non, non, personne... Je sais pas qui ça peut être, murmura Eddy en s'éclipsant.

Maria jeta un regard à son sac et à l'arme qui s'y trouvait. En face, Suzy la fixait d'un œil noir.

– Bonsoir, mesdemoiselles, je peux faire quelque chose pour vous?

Eddy avait entrouvert la porte sur Louise et Jeanne, qui ne s'attendaient pas à être accueillies par un garçon aux faux airs de collégien.

Louise se relâcha. Dans sa poche, son doigt quitta la détente.

– Pardon de vous déranger, mais nous sommes des amies de Maria, et de sa cousine Suzy... J'aurais un mot à leur dire.

Eddy ouvrit largement la porte, les invitant à entrer.

– Soyez les bienvenues, alors. Les amies de mes amies sont mes amies, et plus encore quand elles sont aussi jolies que vous.

Louise le remercia et s'engagea dans le vestibule, la valise de Buck toujours à la main. L'appartement était somptueux et richement décoré d'œuvres d'art, la plupart provenant de l'étranger. Cet Eddy cachait finalement bien son jeu. Comme Louise le lui avait demandé, Jeanne joua les gamines émerveillées en détaillant chaque bibelot et chacune des moulures du plafond.

– Bel appartement que vous avez là... Félicitations...

Tout en lui parlant, Jeanne tentait de lui bloquer le passage, afin de retarder son retour au salon, où Louise avait déjà rejoint Maria et Suzy. En la voyant paraître, Maria remit son arme dans son sac. Suzy les foudroya toutes deux du regard, et sa main se mit légèrement à trembler.

– Il y a eu une rafle à l'Institut, murmura Louise.

– Je sais, répondit Maria. On a croisé les Allemands en partant.

– Vous voulez me remettre dans le lit de Heindrich, c'est ça la mission ?

Suzy venait de se lever.

– Vous vous êtes bien payé ma tête ! Quelle belle brochette d'ordures ! Pierre, toi, Buck et tout le SOE ! hurla-t-elle à Louise.

183

Eddy, qui venait d'entrer dans la pièce avec Jeanne, se tourna, ahuri vers Maria :

– Le SOE ? De quoi elle cause, ta cousine ?

Laissant échapper un cri de rage, Suzy déchira la photo.

– Hé ! mais ça va pas ! Ma photo ! gémit Eddy en essayant de l'en empêcher.

– Jamais je ne reverrai Karl, vous m'entendez ? Je préfère crever ! Là, maintenant !

Et elle tira sur la nappe d'un coup sec, envoyant la vaisselle voler en éclats.

– C'est morte que vous m'emmènerez dans sa chambre. Et tiens, voilà mon linceul !

Elle s'enfuit en courant dans un couloir.

– Qu'est-ce qui lui prend ? Pourquoi elle parle de Heindrich ? s'exclama Eddy, complètement dépassé.

Jeanne ne lui laissa pas le temps de réfléchir et l'envoya au sol d'un violent coup de crosse derrière la nuque. Pas assez fort, pensa-t-elle, car il remuait toujours en gémissant. Elle retourna son arme et allait le frapper au visage avec le canon, quand Louise l'arrêta.

– On va rester ici, aide-moi à l'attacher.

Pendant qu'elles liaient les mains d'Eddy avec un cordon à rideaux, Maria ouvrit la valise qui dissimulait la radio et installa ses quartz.

– Je vais prévenir Buck pour la rafle.

Un bruit de verre brisé résonna soudain au bout du couloir. Louise et Jeanne se regardèrent.

– Suzy !

Elles coururent jusqu'à la chambre du fond et trouvèrent Suzy le dos au mur, un tesson appliqué contre son poignet.

– Personne ne m'obligera à le revoir. Je préfère crever, vous entendez ?

– Calme-toi. On veut juste discuter, tenta Louise en lui tendant une main.

– T'approche pas ou je me fous en l'air, je te jure que je le fais !

La pointe du tesson s'enfonçait maintenant dans sa chair. Suzy tremblait de plus en plus et ses yeux s'emplissaient de larmes. Louise comprit qu'elle était à bout.

– Je veux plus discuter, je veux plus parler de tout ça. Vous avez pas encore compris ?

Jeanne, amicale, s'avança à son tour en esquissant un sourire.

– Tu vas pas quand même te foutre en l'air pour un mec ? Pas pour un nazi.

– Je n'étais pas avec un nazi, j'étais amoureuse d'un Allemand, c'est pas pareil, mais vous, vous ne comprenez rien.

Suzy jeta finalement le tesson pour attraper une bouteille de cognac posée sur la cheminée. Après avoir avalé une longue rasade, elle resta immobile, à fixer le plancher en respirant bruyamment. Jeanne caressa son épaule.

– Mais si, on comprend, il suffit de nous expliquer.

– La seule chose qu'on te demande, continua Louise, c'est un tête-à-tête avec lui. Deux minutes, grand maximum. Jeanne et moi, on se chargera du reste.

Suzy garda la tête baissée. Louise lui releva le menton pour la regarder droit dans les yeux.

– Tu ne peux pas nous laisser tomber. On a vraiment besoin de toi.

Suzy soutint son regard au prix d'un grand effort avant de s'effondrer dans ses bras, déchirée par les pleurs. Louise se surprit à la serrer très fort contre elle, comme pour mieux la consoler.

Jeanne attrapa la bouteille à son tour et la vida d'un trait.

Quelques minutes plus tard, le calme était revenu dans le grand appartement. Toujours penchée sur sa radio, le casque en serre-tête sur ses cheveux, Maria continuait d'émettre. Derrière elle, Louise attendait, les bras croisés.

– Pas trop fatiguée ?

Maria la regarda en souriant.

– Quand j'ai vu les Allemands débouler, j'ai bien cru qu'on ne se reverrait jamais, toi et moi.

– Ce n'était pas mon heure, voilà tout, répondit Louise.

– Tu crois à ces choses-là, toi ?

– Je crois que rien n'arrive jamais par hasard.

Les deux femmes se regardèrent un long moment sans rien dire. Malgré la fenêtre entrouverte, pas un seul bruit ne montait de la rue, qui semblait comme figée. Louise ne supportait plus le silence des couvre-feux, elle regrettait ces nuits sans vacarme, elle voulait de la musique, des chants d'ivrogne, tout ce qui fait la vie en temps de paix.

– C'est toujours dans ces moments-là que j'ai des idées noires, lâcha Maria dans un murmure. Je les sens, autour de moi, mes fantômes...

– Tu parles de ta famille ? demanda Louise.

Maria acquiesça.

– Je me dis qu'il reste peut-être encore un vivant... et c'est pour lui que je me bats.

Ses mots résonnèrent en Louise. Elle s'approcha de son amie pour étreindre son bras.

– Tu as raison, il faut se battre pour les vivants.

Dans la chambre d'à côté, Jeanne ouvrit la porte d'une penderie où Eddy venait de reprendre conscience. Saucissonné et bâillonné, il ne pouvait que rouler des yeux ronds et taper contre le mur avec ses pieds, ce dont il ne se privait pas.

– Si tu continues de faire du bruit, je te crève les yeux, t'as compris ? gronda Jeanne.

Il s'immobilisa net et ralentit sa respiration.

Refermant le battant, Jeanne aperçut Suzy, allongée sur un canapé. Elle lui alluma une cigarette.

– On devait se marier à Saint-Germain-des-Prés, commença Suzy. Il m'avait offert une robe magnifique. De Chanel, tu connais ?

— J'ai pas trop suivi la mode ces derniers temps, tu m'excuseras.

— Karl a adhéré aux Jeunesses hitlériennes parce que c'était pour lui le seul moyen de faire des études et d'entrer à l'Académie militaire, tu sais. Il vient d'un milieu très modeste et il ne voulait pas finir comme ses parents.

— C'est ça... Il est devenu nazi comme moi je suis devenue pute, en fait...

Suzy lui lança un regard blessé.

— Pourquoi tu l'as quitté alors, si c'était si bath la vie avec ce Fritz ? relança Jeanne.

— Qu'il ait été nazi ou résistant, je m'en foutais... C'était d'appartenir à un homme qui me faisait horreur. Et être mariée, c'est bien ce que ça veut dire, c'était au-dessus de mes forces.

Jeanne resta interdite. Elle croisa alors le visage de Louise, qui, depuis le couloir, les écoutait à travers l'entrebâillement de la porte.

De nouveau, elle fut submergée par une vague d'émotions, puis se remit à pleurer.

— Allez, c'est pas si grave. Finalement, t'as fait ce qu'il fallait faire même si c'était pas pour les bonnes raisons...

Suzy se tourna vers elle et hésita, comme au seuil d'une révélation capitale.

— Il a jamais su que je portais son enfant.

Louise porta instinctivement la main à son ventre. Confondue et interloquée, Jeanne regardait Suzy comme si elle la découvrait pour la première fois.

– T'as un enfant? Toi?

Suzy secoua la tête.

– J'aurais jamais pu être mariée, alors mère, t'imagines?

– Tu l'as fait passer?

Elle ne répondit rien. Jeanne était suspendue à ses lèvres maintenant, comme si ses aveux la touchaient bien au-delà des mots. Mais Suzy ne pouvait plus parler. Elle avisa le mur pour cacher ses larmes, qui coulaient de plus belle. Jeanne lui tendit un mouchoir.

– Tu l'as abandonné, c'est ça, hein?

– Il a été placé dans une famille à Liverpool. Oubliés, son père nazi et sa mère collabo. Pour lui ce sera une vraie chance... Maintenant, tu sais à qui tu as affaire.

Suzy se releva et alla s'enfermer dans la salle de bains. Le verrou coulissa, elle éclata en sanglots.

Louise entra dans la chambre pour s'asseoir sur le canapé laissé vacant par Suzy.

– Toujours pas de réponse de Londres?

Louise regarda sa montre.

– Encore sept minutes, après cela, nous coupons. Pas la peine de se faire repérer.

– Tu veux un café en attendant?

– C'est du vrai?

– Cent pour cent marché noir.

Elles avaient gagné la vaste cuisine. Jeanne versait le café dans des tasses en porcelaine trouvées dans un buffet. Louise détaillait la pièce ; le luxe de l'appartement semblait insensé, sans aucun rapport avec Eddy dont le goût en matière de vaisselle et de décoration paraissait des plus limités.

– Suzy, je suis sûre que ça la mine d'avoir fait ça à son gosse, dit Jeanne.

Depuis que Suzy avait fait cet aveu, Jeanne semblait plus concernée. Quelque chose dans cette histoire la touchait de très près mais Louise n'alla pas jusqu'à lui demander de s'expliquer. Même si elle savait beaucoup de choses sur chacune des filles de son commando, elle respectait leurs zones d'ombre.

– Elle aurait peut-être été une mauvaise mère. Sûrement même.

– Comment peux-tu dire ça, réagit Jeanne. Ce gamin, s'il n'est pas mort, il lui est arrivé la pire chose qui soit.

– Il y a toujours pire, tu sais.

– La pitié, c'est pas vraiment pour toi, hein ! Essaie d'être un peu humaine, juste une fois.

– Ce matin, dans le train, j'ai appris que j'étais enceinte de trois mois. Je ne peux pas faire plus humain.

Jeanne marqua le coup.

– Ça faisait deux ans qu'on n'arrivait pas à faire un enfant avec mon mari, ajouta Louise avec une ironie amère.

– Mais alors... tu vas... tu vas arrêter la mission ?

– J'y ai pensé. Et puis je me suis dit que je ne voulais pas accoucher dans ce monde-là.

Jeanne prit la main de Louise. Pour la première fois depuis le début de leur odyssée, elle lui manifestait une marque d'affection. Elles demeurèrent au calme quand, soudain, dans le bureau d'à côté, elles entendirent Maria s'exclamer :

– Ça y est, j'ai Londres qui répond !

Louise et Jeanne se précipitèrent pour la rejoindre. Le casque posé sur la table, elle décryptait le message au fur et à mesure qu'elle le recevait.

– Alors ? demanda Louise, impatiente.

Maria avait fini d'écrire. Elle se tourna vers Louise.

– Buck te demande d'établir le contact avec un certain Melchior demain matin au Jardin des plantes. Il te donnera les instructions.

Le rendez-vous était fixé à 10 h 30 dans la Grande Galerie de l'évolution. Louise avait toujours peur d'un faux message envoyé par les Allemands et elle arriva une demi-heure en avance pour surveiller les environs. Cette fois, tout semblait normal. Elle s'installa sur un banc à l'extérieur et s'efforça de faire le vide. La nuit avait été très agitée, elle n'avait pas cessé de penser à Claude. Elle ne l'avait jamais senti aussi présent. Elle le voyait partout et cette nuit, elle aurait juré l'entendre lui chuchoter à l'oreille des mots inintelligibles. Était-ce un signe avant-coureur de sa mort prochaine ? Comme Maria, elle traînait ses fantômes derrière elle, auxquels s'ajoutaient peut-être depuis peu ceux de Pierre et Gaëlle. Louise décida de rester sourde à leurs appels. Une fois encore, elle se battait pour les vivants, et pour eux seuls.

Au milieu de la galerie, un homme grand, brun, chaussé de petites lunettes rondes, feuilletait un registre du musée. Il portait une blouse bleu roi et correspondait au signalement donné par Maria. Louise décida de l'aborder.

— L'éléphant s'est cassé une défense, dit-elle à mi-voix.

L'homme leva le nez de son carnet. Après des coups d'œil furtifs à droite et à gauche, il lui fit signe de le suivre jusqu'à la réserve. Louise se sentit soudain mal à l'aise au milieu d'une multitude d'animaux empaillés.

— L'opération aura lieu à midi, sur le quai à la station Concorde.

— Quoi ? Buck nous envoie récupérer Gaëlle ? Mais elle nous a dénoncés.

— Le colonel est certain que Heindrich sera au rendez-vous. Vous devrez l'exécuter.

— Pardon ? Dans le métro, à découvert ?

— C'est moins risqué qu'au Regina.

— Et Suzy, vous n'avez plus confiance en elle ?

— Seulement pour tendre le piège. Pour le reste, Buck préfère s'en remettre à vous. Dans le métro, vous pourrez compter sur la complicité des employés. Certains font partie du réseau.

Melchior déballa un colis posé sur la table, révélant un fusil à lunette. Soudain saisie d'appréhension, Louise prit conscience qu'elle n'en avait pas utilisé depuis l'opération de Bourg-en-Bresse. Sans rien laisser voir de son émotion, elle examina l'arme de plus près, calant la crosse dans le creux de son épaule, vérifiant la lunette.

– Je l'ai reçu la nuit dernière, continua Melchior. Il vous convient?

Louise hocha la tête en reposant le fusil sur la table. Melchior sortit un sac de cuir qu'il déposa devant elle.

– J'ai trouvé ce sac pour le transport. Il vous ira?

Sans répondre, Louise se mit à démonter le fusil pour le ranger dans le sac.

– Pour mon frère... Vous avez des nouvelles?

– Il est en vie, c'est tout ce qu'on sait.

– Il a une chance de s'évader?

D'un mouvement de tête, Melchior ôta tout espoir à Louise. Le fusil était entièrement démonté maintenant et rangé au fond du sac.

– Je sais à quoi vous pensez, reprit-il. Mais le colonel refuse que vous mettiez l'opération en péril pour tenter de le sauver.

– Je suis toujours allée au bout des missions qu'on m'a confiées. Et je ferai tout pour que mon frère ne finisse pas décapité comme un espion.

Elle prit le sac et sortit de la réserve sans un regard pour Melchior.

À la porte de l'ascenseur, au moment d'entrer chez Eddy, Louise entendit des cris provenant de l'appartement. Pistolet au poing, elle fit une entrée fracassante et trouva Jeanne en train de menacer le jeune homme d'une arme pendant que Suzy, déchaînée, le rouait de coups de poing. Maria se tenait en retrait, elle aussi prête à tirer.

— Je vais buter cette raclure, ça va me détendre, hurlait Jeanne, dans un état second.

Louise s'interposa.

— Qu'est-ce qui vous prend ? Vous n'allez pas bien ?

— Cette ordure a caviardé l'appartement d'une famille de Juifs, beugla Jeanne. Regarde ce qu'on a trouvé dans les penderies !

Suzy désigna à Louise un manteau d'enfant sur lequel une étoile jaune était cousue. Eddy tenta de plaider sa cause.

— Il était vide cet appartement, on me l'a donné. J'y peux rien, moi, si j'ai été pistonné !

— Toute ma famille a été déportée, continua Maria. Je ne sais pas ce qui me retient de le tuer là tout de suite.

— Ce qui te retient, c'est qu'on a encore besoin de lui, répliqua Louise en baissant l'arme de Jeanne.

— Besoin de moi, pour quoi faire ?

– Si tu as l'intention de nous balancer, je te fais une petite mise au point rapide. Tu as entendu parler de l'offensive alliée ?

Eddy resta interdit. Tous les regards étaient braqués sur lui, sans compter le pistolet de Maria.

– Pour en parler, ça, on en parle. Mais j'en ai pas encore vu la couleur.

– Fais ton malin, lança Jeanne. Bientôt il y aura plus un seul Boche dans Paris !

Eddy haussa les épaules.

– Ça changera rien pour un mec comme moi.

– Tu crois ça ? Je n'en suis pas si sûre, répliqua Louise. Il y aura toujours quelqu'un qui se souviendra que tu as habité ici. Et alors là...

Inquiet, Eddy la dévisagea.

– On te donne l'occasion de te racheter une conduite et d'être propre comme un sou neuf, ajouta-t-elle.

– Si je vous donne un coup de main, vous parlerez de moi aux rosbifs, c'est ça ?

– Tu as commencé la guerre en travaillant pour les Allemands, tu la termines au service des Anglais. À l'arrivée, il n'y aura pas plus français que toi.

Les traits d'Eddy se durcirent à nouveau. Il n'était pas encore acquis.

– Et si je refuse ? Vous me tuez ?

D'un regard, Louise commanda à Maria d'ouvrir la valise du SOE. Alignées comme à la parade, les liasses de billets apparurent devant les yeux d'un Eddy ahuri.

– Mieux encore. Il faudra que tu expliques à la Gestapo comment tu as hérité d'un paquet de fric pareil.

– Surtout quand ils apprendront que ça vient d'Angleterre, appuya Maria.

D'un sourire contraint, Eddy accepta leurs conditions.

Gaëlle

La nuit lui avait paru sans fin. Menottée et recroquevillée dans une soupente de l'immeuble de la Gestapo, Gaëlle ne pouvait trouver le sommeil, malgré l'épuisement qui la terrassait. Son doigt la faisait horriblement souffrir, et le pansement qui le recouvrait n'y changeait rien. L'interrogatoire la hantait encore. Inlassablement, les mêmes images défilaient devant ses yeux. Elle se sentait honteuse d'avoir parlé aussi facilement, honteuse d'avoir eu peur de la douleur. Dès qu'elle avait senti l'ongle se détacher, elle n'avait pu se retenir de hurler : « Institut des aveugles à Duroc ! C'est là qu'on devait se retrouver et recevoir les ordres pour une nouvelle mission ! »

Depuis, les yeux de l'officier nazi la tourmentaient. La lueur qu'elle y avait vue lui avait finalement paru la plus violente des tortures. La réaction de Pierre la rongeait aussi : un mélange de stupéfaction, de mépris et de pitié.

Combien d'heures s'étaient écoulées depuis ses aveux ? Elle n'aurait su le dire. La notion du temps l'avait quittée depuis longtemps. Mais elle avait une seule certitude : Louise, Maria, Jeanne et Suzy étaient maintenant toutes arrêtées. Ou mortes. À cause d'elle. Jamais elle ne se le pardonnerait.

– Ton comprimé de cyanure ? Tu l'as toujours ? murmura Pierre.

Gaëlle ne broncha pas. Enchaînés à la même canalisation, ils n'avaient pas échangé un seul mot depuis qu'on les avait enfermés. Elle se sentait incapable de l'affronter.

– Tu l'as sur toi ? Réponds, merde !

– J'ai peur... Tu sais ce que ça veut dire ?

Soudain, Pierre attrapa Gaëlle par le cou, une main appliquée sur sa bouche pour l'empêcher de crier, il lui enserra la gorge de l'autre, en renforçant son emprise. Les yeux exorbités, Gaëlle se débattait en poussant des cris étouffés. Encore quelques secondes et son cerveau manquera d'oxygène, ce sera fini.

La porte de la chambre s'ouvrit alors sur deux soldats allemands qui se mirent à crier. Pierre reçut en pleine face un violent coup de crosse qui lui fit lâcher prise. Libérée, Gaëlle demeura pétrifiée en suffoquant comme un poisson hors de l'eau. Alors que les soldats détachaient Pierre et le traînaient hors de la cellule, Heindrich arriva dans la mansarde. À la vue du visage congestionné de Gaëlle, il eut un regard triste.

– Engager des jeunes femmes aussi fragiles, il me déçoit, M. Buckmaster.

Pour sécher ses larmes, il lui tendit un mouchoir qu'elle refusa. Il s'accroupit alors pour essuyer son visage, avec une douceur qui l'étonna.

– Je vais encore avoir besoin de vos services. Vos amies m'ont échappé de très peu à l'Institut...

Gaëlle s'efforça de ne rien laisser paraître du soulagement qui l'envahit.

– Où et quand devez-vous être repêchée ? continua Heindrich.

– Repêchée ?

– Ne faites pas l'idiote, je connais les méthodes du SOE...

Gaëlle regarda l'officier droit dans les yeux. Cet homme était un mystère. Cruel, il disposait d'une voix bienveillante. Déterminé, son regard avait quelque chose de brisé. Il n'avait pris aucun plaisir au spectacle de son supplice, ni montré aucune clémence. Elle savait qu'il recommencerait à l'occasion.

– Louise sait maintenant que c'est moi qui les ai trahies. Elle ne viendra jamais au rendez-vous.

- Louise aime prendre des risques.

Gaëlle approuva secrètement les propos de Heindrich. Il n'avait vu Louise qu'une seule fois, mais semblait si bien la connaître.

– Si je parle, qu'est-ce que vous m'offrez ? reprit Gaëlle.

– La liberté.

– Liberté d'être jugée et condamnée par le SOE ?

– Vous préférez être torturée ?

Elle réprima un saignement de nez, qu'il avait provoqué par ses seules paroles.

– Quelle heure est-il ? lui demanda-t-elle.

Heindrich regarda sa montre.

– 10 h 40... Pourquoi ?

– À midi. Métro Concorde, direction Pont-de-Neuilly, sur le quai.

Heindrich donna ses directives ; il voulait une Gaëlle dont la physionomie ressemblât en tous points à l'apparence qu'elle affichait à sa descente du train à Saint-Lazare. Comme ses vêtements avaient été arrachés lors de l'interrogatoire, Heindrich exigea qu'une couturière raccommode son chemisier et sa jupe. Un important maquillage devait aussi être réalisé sur le visage de la jeune femme, afin de camoufler les traces des coups. Le colonel avait demandé que sa prisonnière ressemble à une femme qui aurait passé la nuit à l'hôtel sans avoir eu le temps de se refaire une beauté. Pour cacher son ongle arraché, Gaëlle reçut comme consigne de garder les mains dans ses poches.

Les yeux fermés, et alors que la couturière effectuait sur elle les derniers travaux de rapiéçage, la jeune femme se mit à prier à voix basse.

Deux agents de la Gestapo la conduisirent jusqu'à un taxi stationné dans la cour. L'un des hommes prit place au volant tandis qu'elle montait sur la banquette arrière. La voiture remonta l'avenue Foch, contourna l'Arc de triomphe pour descendre les Champs-Elysées jusqu'à la Concorde. Gaëlle n'était pas revenue à Paris depuis des années. Elle gardait de la Ville Lumière le souvenir d'une capitale bruyante, aux boulevards encombrés de badauds. Le spectacle de grandes avenues à moitié désertes, de panneaux de signalisation rédigés en allemand et de magasins vides s'offraient tristement à elle.

Heindrich avait pris toutes ses précautions ; il redoutait la suspicion de Louise qui pouvait guetter l'arrivée de Gaëlle. Le taxi s'arrêta près de la bouche de métro. Gaëlle repéra tout de suite deux hommes de la Gestapo qui l'attendaient en haut des marches, en faisant mine de discuter. Elle les ignora pour dévaler l'escalier et entrer dans la station. Les deux types lui emboîtèrent le pas. Dans le couloir souterrain, Gaëlle fut alors dépassée par une Parisienne à la démarche familière. Sans tourner la tête vers elle, Jeanne lui glissa à l'oreille :

– Ordre de Louise : une fois sur le quai, même s'il y a du grabuge, tu ne bouges pas...

Puis elle bifurqua comme si de rien n'était. Gaëlle donna son ticket à poinçonner et s'engagea sur le quai, où une dizaine de personnes attendaient. Mais pas de Louise.

En se plaçant sur un banc à côté de la guérite du contrôleur, Gaëlle surprit sur le quai les deux types qui la filaient. À l'autre extrémité, deux nouveaux agents avaient pris position pour bloquer la sortie. Ils étaient donc quatre en tout, sans compter ceux qu'elle n'avait pas reconnus et qui attendaient peut-être à côté d'elle parmi les voyageurs. Gaëlle dévisagea ses voisins les uns après les autres. Six hommes et quatre femmes. Pas d'enfants, Dieu merci. Mais leurs visages ne trahissaient rien.

Pourquoi Jeanne lui avait-elle laissé entendre qu'il y aurait du grabuge? Qu'avait prévu Louise?

Des bruits de talons hauts résonnèrent; une femme approchait. Comme les agents de la Gestapo, Gaëlle regarda vers l'entrée du quai. Maria venait d'apparaître, vêtue d'un manteau beige clair. Elle tendit son billet au poinçonneur qui, d'un signe discret du menton, lui désigna la guérite. Imperturbable, elle remonta le quai sans adresser le moindre signe à Gaëlle qui ne comprenait toujours rien à la tournure des événements. Les agents, qui ne détenaient pas le signalement de Maria, se détendirent tandis que Jeanne arrivait à son tour. Elle demanda, charmeuse, du feu à l'un des types, et rejoignit une place assise, non loin de Maria.

Les mains toujours enfouies dans ses poches, Gaëlle sentait ses paumes devenir de plus en plus moites. Elle n'avait plus de doute à présent, quelque chose se préparait. Maria et Jeanne n'avaient aucune raison de venir au repêchage ensemble. Et pourquoi le contrôleur avait-il désigné la guérite à Maria ? Le cœur de Gaëlle battait à toute allure. Sur sa gauche, un métro arrivait. Elle en profita pour tourner sa tête vers Maria et Jeanne qui venaient de se lever de leurs bancs respectifs.

La rame s'engouffra dans la station. Les portes s'ouvrirent pour laisser sortir un flot de voyageurs auxquels Jeanne se mêla pour gagner le bout du quai, près du tunnel. Maria était montée dans le wagon. En pleine expectative, les agents interrogeaient toujours Gaëlle du regard. C'est alors que le téléphone en tête de quai se mit à sonner, obligeant le conducteur à sortir de sa motrice. Après une brève conversation, il raccrocha le combiné et s'adressa aux passagers :

– Mesdames et messieurs, on me signale un incident à la station Champs-Élysées-Clemenceau. J'attends le feu vert pour repartir.

Le cœur de Gaëlle s'emballa ; elle sentit son sang affluer au visage. Elle en était sûre : il s'agissait d'un signal. D'ailleurs, sur sa gauche, Jeanne était toujours tournée vers le tunnel.

Au milieu de la station, plongée dans le silence, des bruits de pas retentirent dans l'escalier. Gaëlle retint son souffle ; Suzy venait d'apparaître sur le quai d'en face. Un jeune homme en costume anthracite, coiffé d'une casquette, vint à sa rencontre. Gaëlle se rendit compte qu'elle leur prêtait trop d'attention. Elle devait appliquer à la lettre la consigne donnée par Jeanne et garder une attitude neutre. Alors qu'une nouvelle rame abordait la station côté Suzy, Gaëlle laissa errer son regard sur le wagon à l'arrêt aux portes grandes ouvertes. Maria, assise près d'une fenêtre, restait parfaitement calme sans un regard pour Suzy et son rendez-vous qui prenaient place ensemble dans un compartiment.

Gaëlle perçut soudain une silhouette qui sortait de la guérite. Elle découvrit Heindrich, vêtu d'un costume de flanelle qui fixait, hypnotisé, l'autre côté du quai. Elle comprit alors qu'il avait vu Suzy. Heindrich monta dans la rame à quai et appela « Liliane », indifférent, imperméable à tout ce qui l'entourait. Gaëlle distinguait le visage de Suzy, par-dessus l'épaule du jeune homme. Elle avait pâli, alors que Heindrich essayait de baisser la vitre pour lui parler. Gaëlle vit aussitôt Maria se lever et sortir une arme de son sac. Heindrich, entièrement absorbé par Suzy, ne prêtait aucune attention à elle. Maria, pistolet au poing et canon pointé sur le dos du colonel, visa sa cible. Au même moment, des détonations éclatèrent, assourdissantes. Avant de plonger au sol, Gaëlle eut juste le temps d'apercevoir un autre soldat échappé de la guérite. Il venait de tirer et ses balles avaient fait voler en éclats la vitre du compartiment et touché Maria sur le côté gauche. Dans le wagon, tous les passagers s'étaient jetés à terre en hurlant. Heindrich ouvrit le feu sur l'Italienne avec une grimace horrifiée. Il vida son chargeur avec acharnement. Dans la rame d'en face, Suzy, devenue blême, se tenait la tête à deux mains en voyant le corps de Maria tressauter comme un pantin désarticulé.

Sur le quai, un agent de la Gestapo plaqua Gaëlle et lui passa les menottes. C'est alors qu'elle l'aperçut dans le tunnel, brièvement dévoilée par les éclairs des tirs.

Louise.

En position sur les rails, un fusil à lunette sur l'épaule, elle attendait le moment où Heindrich redescendrait sur le quai.

Gaëlle rassembla toutes ses forces et cria à pleins poumons :

– C'est un piège, Louise, va-t'en !

Heindrich

Karl fixait le visage de Maria. On y lisait l'air effaré de ceux surpris par la mort sans y avoir été préparés. Si Volker n'avait pas réagi à temps, c'est lui qui aurait ce masque sur la figure à présent, lui qui serait criblé de balles, affalé sur une banquette les bras en croix, il ne pouvait s'ôter cette idée de la tête.

Dieu lui faisait signe une fois encore. Son heure n'était pas venue. Tant qu'il n'aurait pas rempli sa mission, il serait intouchable. Il en avait la conviction maintenant.

La rame d'en face s'ébranla. Il vit le métro s'éloigner avec une Liliane terrifiée qui hurlait, cramponnée à Eddy.

Il n'avait pas rêvé. Il avait vu Liliane. Pas un sosie, cette fois mais la vraie Liliane. Il ne pouvait croire au hasard.

Les agents évacuaient le métro à quai et alignaient les passagers. Heindrich se rua sur le poinçonneur.

– Faites stopper la rame qui vient de partir, ordonna-t-il en lui tendant le téléphone.

– Entre deux stations, c'est impossible.

Heindrich appliqua le canon de son arme contre sa tempe. Le poinçonneur, résigné, prit le combiné.

– Allô, ici Baratier, à Concorde. Bloquez la rame direction Château-de-Vincennes...

Le poinçonneur marqua une pause puis, terrorisé, avoua à l'officier :

– Trop tard, elle est déjà à Tuileries.

Furieux, Heindrich quitta la guérite pour inspecter les civils entassés sur le quai, mains en l'air comme des prisonniers. Combien d'entre eux faisaient partie de l'opération ? Il dévisagea une femme à quelques mètres de lui avec l'impression de l'avoir déjà vue. Il se reprit : il était si troublé qu'il trouvait tous les passagers suspects.

Toujours accroupie dans le tunnel, Louise vit Heindrich s'inscrire parfaitement dans sa ligne de mire, avec Jeanne à ses côtés, les yeux baissés. C'était le moment ou jamais. Les phares de la rame suivante trouèrent soudain l'obscurité dans son dos. Elle n'y prêta pas attention, posa un genou à terre pour ajuster sa cible. La rame se rapprochait. En l'apercevant sur les rails, le conducteur actionna le klaxon.

Sur le quai, Heindrich entendit l'avertisseur. Au moment où il se tournait vers le tunnel, une flamme déchira les ténèbres et l'Allemand ressentit une douleur fulgurante à l'oreille. Du sang gicla sur ses mains. Ses hommes ouvrirent le feu en direction de la galerie. Les impacts firent exploser les phares de la motrice. Profitant de la panique générale, Jeanne gagna la sortie où un agent lui barra le passage. S'agrippant à lui, elle lui planta un couteau dans le ventre et reprit son chemin.

Alors que les Allemands la canardaient, Louise avait trouvé refuge dans le boyau, où elle laissa passer la rame. Elle savait qu'elle avait raté Heindrich et en jeta son fusil de rage. Un pistolet à la main, elle prit alors la fuite par un escalier de fer qui montait à la maintenance.

Indifférent à la blessure qui saignait toujours, Karl ordonna le cessez-le-feu et fit établir un barrage à chaque issue de la station. Louise Desfontaines lui avait tiré dessus, il en était convaincu. Ses hommes possédaient son signalement ; elle ne pouvait pas leur échapper.

Elle l'avait manqué une fois de plus. Il était béni des dieux.

Suivant le flot des voyageurs, Jeanne se dirigeait vers la sortie de la rue Royale. Elle aperçut les agents postés en haut des marches, qui scrutaient les passagers, une photo à la main. Ils ne pouvaient pas avoir son signalement, pensa-t-elle, sinon Heindrich l'aurait repérée sur le quai. Elle se lança dans l'escalier les poings serrés et franchit l'obstacle sans difficulté aucune. Quelques mètres plus loin, elle s'arrêta pour reprendre ses esprits.

Débouchant d'une porte de service, Louise se mêla à son tour aux voyageurs pour remonter le couloir vers la sortie. Dans sa poche, elle serrait toujours la crosse de son pistolet, en se dissimulant le mieux possible derrière deux individus à la large carrure. Le flot ralentit à l'approche de la bouche et Louise dut se hausser sur la pointe des pieds pour apercevoir trois agents qui bloquaient le passage en haut des marches. Elle remarqua la photo dans la main de l'un des hommes, fit demi-tour et s'arrêta net à la vue de Heindrich et des gestapistes qui surgissaient au fond du couloir. Prise entre deux feux, elle choisit de franchir le barrage, coûte que coûte.

Tout se déroula ensuite comme dans un mauvais rêve. Son doigt posé sur la détente, elle arriva devant les trois agents. Au regard que lui lança le plus grand, elle comprit qu'il l'avait reconnue. Elle n'eut pas le temps de sortir son arme ; derrière elle, deux hommes bloquèrent son geste, l'aplatirent à terre et lui passèrent les menottes. Louise ferma les yeux ; elle aurait préféré mourir sur les marches de cette station, où une fine bruine commençait à tomber. Les deux hommes la redressèrent et elle vit le visage ensanglanté de Heindrich qui la toisait. La main appliquée sur son oreille déchiquetée, il semblait aussi choqué qu'elle, mais n'exprimait pas la moindre émotion.

Il se contenta de hocher la tête et Louise se sentit soulevée du sol par deux hommes de la Gestapo qui l'entraînèrent vers une voiture. Avant de disparaître à l'intérieur du véhicule où se trouvait déjà Gaëlle, elle eut le temps de voir Jeanne disparaître dans le jardin des Tuileries.

Le colonel aurait dû se réjouir : Louise Desfontaines était sa captive. Mais il ne pensait qu'à Liliane. Que faisait-elle dans cette station, où un attentat aurait pu lui coûter la vie ? Sa présence était-elle vraiment le fruit du hasard ? Il aurait aimé y croire, mais son instinct l'incitait à se méfier. Pendant le trajet du retour, il examina toutes les éventualités pour n'en retenir qu'une seule. Eddy avait dû entendre parler d'elle et lui avait donné rendez-vous. Les explications les plus simples n'étaient-elles pas les meilleures ? Pourquoi éprouvait-il toujours le besoin de tout compliquer ? Eddy continuait de traquer le sosie parfait et il était enfin tombé sur la perle rare. Mais alors, pourquoi lui avoir donné rendez vous sur ce quai et à cette heure précisément ? Les hasards se démultipliaient, tout cela n'était pas crédible et d'ailleurs Eddy était-il dans le coup lui aussi ? Il n'y avait qu'un moyen de le savoir. Dans l'un des bureaux de la Gestapo, alors qu'un médecin lui faisait des points de suture à l'oreille, Karl décrocha le téléphone pour demander la numéro d'Eddy à l'opératrice. Il entendait les sonneries résonner à l'infini. L'imbécile n'était pas chez lui. Et si Liliane avait été touchée dans la fusillade? Juste au moment où il allait la retrouver? Il envisagea cette horrible éventualité lorsque, à l'autre bout du fil, la voix d'Eddy se fit entendre.

– Allô?

– Eddy? Qu'est-ce que vous faisiez dans le métro tout à l'heure?

– Mon colonel? Je vous avais pas reconnu...

– Répondez-moi, Eddy.

– Excusez-moi, mais je suis encore tourne-boulé... Quelle histoire! J'ai bien failli y passer, vous savez...

– Qui était avec vous?

Il pouvait sentir la peur dans la voix d'Eddy maintenant.

– De quoi vous parlez, mon colonel?

– Je vous ai vu sur le quai à Concorde. Qui était la femme qui est montée avec vous dans la rame?

– Parce que vous y étiez aussi, mon colonel? Vous n'êtes pas blessé, au moins?

– Arrêtez de faire l'idiot, Eddy, et répondez. Ou j'envoie une patrouille vous chercher!

Eddy marqua une pause. Heindrich l'imagina terrifié, en train de tortiller son nœud de cravate.

– Justement, j'avais rendez-vous avec quelqu'un qui aurait pu vous plaire, je crois.

– Où est-elle?

– Ah! mais elle est plus avec moi, mon colonel, elle était juste de passage à Paris. Elle repart tout à l'heure, je crois.

211

– Écoutez-moi bien, Eddy, vous allez retourner la chercher. Vous vous débrouillez pour me l'amener à 18 heures au Regina, à l'endroit habituel.

– Au Regina ? Mais, mon colonel...

– Ne me décevez pas, Eddy !

Heindrich raccrocha.

Debout, au milieu du salon, Eddy resta bouche bée, le combiné vissé à l'oreille. À son côté, Jeanne posa l'écouteur qui lui avait permis de suivre la conversation. Assise sur le canapé, Suzy se tenait toujours immobile, le regard perdu dans le vague.

– Il faut qu'on foute le camp d'ici, déclara Eddy.

– Et la mission ? répliqua Jeanne en se levant.

– Louise est fichue, la mission aussi. Vous faites ce que vous voulez. En tout cas, moi, je me tire.

Il avisa la valise du SOE et s'attribua une dizaine de liasses.

– Je prends ma part. Après ce qui s'est passé dans le métro, je l'ai pas volée.

Jeanne pointait son arme sur lui.

– Tu ne vas nulle part et tu reposes ce pognon. Je ne veux pas que Louise meure pour rien. On va aller jusqu'au bout.

– Ah oui ? Et tu peux me dire comment on va faire ça ?

– Je le tuerai, dit alors Suzy.

Incrédules, Jeanne et Eddy la jaugèrent. Un voile était passé devant ses yeux depuis la fusillade. Elle n'avait plus son air de biche apeurée.

– Conduisez-moi à l'hôtel. Arrangez-vous pour que je sois seule avec lui et je le tuerai.

Louise

– Louise, je t'en supplie, aide-moi.

Enchaînée au radiateur, Louise entendait Gaëlle l'appeler de la pièce d'à côté. Depuis leur arrivée à la Gestapo, les deux femmes étaient détenues dans deux chambres communicantes où elles avaient été dépouillées de leurs vêtements, à l'exception de leurs seules combinaisons. Louise avait malgré tout gardé sa pilule de cyanure dans un tube qu'elle sentait toujours contre sa peau à l'intérieur de son soutien-gorge.

C'était ce que Gaëlle lui réclamait maintenant, elle le savait.

– Louise, s'il te plaît, continua Gaëlle.

Son visage dévasté par le chagrin la rendait méconnaissable. Si Louise en avait d'abord voulu à Gaëlle de ne pas avoir exécuté le geste ultime au bon moment, elle n'éprouvait plus pour elle à présent qu'une profonde compassion. De fait, elle ne pouvait lui refuser de partir dignement. Après quelques contorsions, Louise réussit à attraper le petit tube en fer dont elle extirpa le comprimé. Après une dernière hésitation, elle fit rouler la pilule sur le plancher. Gaëlle l'attrapa et s'adossa au mur, apaisée.

– Tu me pardonnes, dis ?

Louise pleurait maintenant. Était-ce la sensation de la mort toute proche ? Elle n'aurait su le dire, mais les larmes coulaient d'elles-mêmes sans qu'elle puisse les arrêter.

– Dis que tu me pardonnes ? reprit Gaëlle.

Louise lui fit face.

– Je te pardonne.

Gaëlle sourit.

En tendant l'oreille, Louise l'entendit prier à voix basse. Après quelques secondes de ce murmure, suivies d'un long silence, Gaëlle fut prise d'une toux sèche entrecoupée d'une respiration plus saccadée. Elle se mit à trembler et à gémir sous l'effet de convulsions de plus en plus violentes. Ses jambes tressautaient sur le plancher en un battement insupportable. Louise boucha ses oreilles et ferma les yeux. Elle attendit ce qui lui parut une éternité. Le silence revenu, elle se retourna : Gaëlle gisait par terre, les yeux grands ouverts, enfin délivrée.

Son cadavre fut découvert une heure plus tard. Deux sentinelles emmenèrent son corps, enveloppé dans une couverture. Son bras traîna par terre sur quelques mètres. Ce fut la dernière image que Louise emporta de Gaëlle.

– Louise Desfontaines, épouse Granville. Sœur du lieutenant Pierre Desfontaines, membre du SOE, arrêté par la Gestapo l'année dernière au Mans. C'est toujours émouvant de voir une famille réunie.

Heindrich referma le dossier de Louise en souriant. Attaché à une chaise, Pierre le fixait d'un regard vide. Derrière lui, sa sœur, poignets et chevilles entravés par des sangles, se trouvait près de la baignoire.

– Pourquoi avoir essayé deux fois de m'abattre, Louise ? continua Heindrich, d'une voix suave.

La prisonnière resta muette, se refusant même à le regarder. Pour briser sa résistance, un homme de main lui assena une violente gifle en pleine face. Pierre se cramponna à sa chaise, alors que Heindrich s'approchait de lui.

– Pourquoi ce géologue anglais avait-il tant d'importance pour le SOE ? Et quelle est la signification de son message ?

Un mince filet de sang s'écoula du nez de Louise. Elle ne put s'empêcher de dévisager la secrétaire assise derrière sa machine, prête à taper des aveux qui ne viendraient pas.

– Alors ? s'impatienta Heindrich.

Pierre ne dit mot. Excédé, le colonel fit un signe aux tortionnaires. Pierre ferma les yeux en entendant la tête de sa sœur plonger dans l'eau.

Louise retenait sa respiration, les paupières closes. Elle revoyait le corps inerte de Gaëlle, l'apaisement sur son visage.

C'était si tentant. Pourquoi ne pas se laisser aller ? Pourquoi ne pas laisser l'eau entrer dans ses poumons ?

Pierre avait du mal à garder les yeux ouverts. Il comptait dans sa tête. Sa sœur avait le visage sous l'eau depuis plus d'une minute. Pierre devait s'évader de cette salle et s'engager virtuellement sur un chemin passé et heureux. Pour la première fois, il n'y parvint pas.

Les hommes de main repêchèrent Louise, au bord de l'asphyxie. Heindrich revint à la charge en collant sous le nez de Pierre les photos des blocs de béton.

– Je suis fils unique, monsieur Desfontaines, et je me plaisais à penser qu'un frère et une sœur s'aimaient plus que tout. Et si j'aurais aimé avoir une sœur comme Louise, j'aurais détesté avoir un frère comme vous..

Pierre se mura dans le silence. Découragé, Heindrich fit de nouveau signe à ses hommes qui saisirent Louise pour la soulever par les cheveux. Elle hurla de toutes ses forces. Toujours immobile devant sa machine à écrire, la secrétaire ne tiquait pas.

Louise avait de nouveau la tête sous l'eau et continuait de se débattre. Jamais son désir d'en finir n'avait été aussi vif. Elle était même prête à croire en Dieu si le Créateur pouvait l'aider à perdre connaissance. Elle implora Claude, Gaëlle et Maria, où qu'ils se trouvent, de venir la chercher.

Volker entra dans la pièce. En entendant les hurlements de plus en plus insupportables de Louise, il hésita, puis s'approcha de Heindrich pour lui chuchoter à l'oreille :

— Je viens d'avoir le secrétaire de Rommel. Le Feldmaréchal doit rejoindre sa femme à Ulm après-demain. Il pourrait vous recevoir à Berlin, en urgence, juste avant son départ...

— Encore faudrait-il que j'aie quelque chose à lui apprendre, répondit Heindrich désabusé.

L'intensité des cris de Louise diminuait. Pierre semblait sur le point de craquer. Heindrich le regarda fixement.

— Elle ne tiendra plus longtemps. Vous êtes le seul à pouvoir encore la sauver.

Pour la première fois, Pierre le regarda droit dans les yeux.

— Si je parle, ai-je votre parole qu'elle vivra ?

Heindrich serra le poing.

— Vous avez ma parole d'homme.

— Je veux votre parole d'officier.

Heindrich fit sortir Louise de l'eau. Elle ne suffoquait pas, ne criait plus. Pris de panique, le colonel l'examina personnellement. Lorsqu'il sentit son pouls battre faiblement, il fut rasséréné.

Enveloppée dans une couverture, Louise revenait lentement à elle. L'éclairage de la pièce lui semblait plus faible. Elle percevait la voix de son frère qui chuchotait des mots inintelligibles à Heindrich. La secrétaire lui demanda de s'exprimer plus fort car elle ne l'entendait pas.

– Les blocs... doivent être remorqués par bateau..., commença Pierre.

Heindrich fronçait les sourcils. Derrière lui, la machine à écrire crépita.

– Attendez, vous êtes en train de me dire que ces cubes de béton vont traverser la Manche ? Comment ?

– En flottant, répondit Pierre.

– Voulez-vous dire qu'ils sont creux ?

Pierre hocha la tête.

– À l'approche des côtes, ils se rempliront d'eau pour être coulés près des plages.

– Mais pourquoi ?

Pierre hésita. Il savait qu'il arrivait au point de non-retour. Louise le regardait, faible, dégoulinante et totalement effarée. Elle ne pouvait en croire ses oreilles.

– Ne parle pas, Pierre. Je t'en supplie, ne parle pas ! parvint-elle à articuler.

Louise reçut un coup de poing dans le ventre d'une telle force qu'elle s'étala sur le carrelage, avant d'être rouée de coups de pied. Elle essaya de protéger son ventre, mais déjà une douleur vive la transperçait.

– Non! hurla-t-elle. Je vous en supplie!

– Arrêtez! ordonna Heindrich.

Louise resta prostrée à terre, les bras noués autour du ventre. Elle tremblait maintenant.

– Pourquoi les couler près des plages? Allez-y, parlez!

– Pour construire un port flottant en les reliant entre eux par des passerelles.

Heindrich se figea. Pierre baissa la tête; il ne supportait plus son regard. Le colonel réfléchit rapidement à la nouvelle et réalisa l'importance de la révélation.

Après la tentative ratée de Dieppe, c'était la seule chance des Américains pour débarquer sur n'importe quelle plage de Normandie. Et pour envahir la France.

Il se tourna vers Volker. Un air hébété sur son visage, il lui dit en allemand :

– On va au Regina. Vous appellerez Rommel de là-bas. Dites-lui que je serai à Berlin.

– Vous le connaissez mieux que moi, répondit Volker. Un tête-à-tête ne suffira pas, il voudra des preuves. Vous devez partir avec le prisonnier, je ne vois pas d'autre solution.

– Organisez-moi cela, je prendrai le train de nuit pour le voir à la première heure.

Volker claqua des talons et salua le colonel. Heindrich regarda Louise et Pierre avec un sourire.

– Je tiendrai ma promesse, monsieur Desfontaines. Votre sœur aura la vie sauve.

Et il quitta la salle.

Louise et Pierre se regardèrent en silence. Dans les yeux de son frère, elle pouvait lire la honte d'avoir parlé. Dans les siens, il voyait pour la première fois tout l'amour mêlé de compassion qu'elle lui portait.

Le réseau commandé par Melchior disposait d'agents jusque dans les couloirs du Regina. Lorsque Heindrich et Volker traversèrent le grand hall pour regagner leurs bureaux, l'agent posté à la réception se tint sur le qui-vive. Il connaissait bien les deux hommes. Leur démarche rapide et leurs visages exaltés lui indiquèrent que quelque chose d'inhabituel se produisait. Il n'attendit pas longtemps avant d'intercepter un appel téléphonique de Volker demandant à parler à l'aide de camp du Feldmaréchal Rommel. Le réceptionniste prit discrètement la conversation en notes. Quelques minutes plus tard, Melchior reçut le message dans son bureau au Muséum national d'histoire naturelle et en informa immédiatement Londres. Moins de deux heures après le coup de fil de Volker, Buckmaster et son état-major savaient que Heindrich projetait de rejoindre Berlin avec Pierre Desfontaines. Ils devaient prendre le train de 22 h 37 et rencontreraient Rommel dans la matinée du 4 juin. Les raisons de cette entrevue restaient nébuleuses, mais tout portait à croire que Pierre avait parlé. Joint dans la foulée, Churchill estima qu'il était trop tard pour modifier les plans, la date du débarquement ayant déjà été repoussée au 6 pour cause de mauvais temps. Revenir en arrière était impossible. Restait donc à neutraliser Heindrich avant qu'il ne saute dans son train. Alors que personne dans l'entourage du Premier ministre ne voyait comment l'approcher maintenant que Louise était sous les verrous, Buck avoua qu'il lui restait un joker à jouer.

Suzy et Jeanne

Un peu avant 15 heures, Melchior arriva rue Élisée-Reclus. Louise lui avait donné l'adresse d'Eddy, et après l'échec du métro, il pensait que les membres du commando s'y retrouveraient, faute d'un autre endroit où se cacher.

Personne ne répondit quand il frappa à la porte. Craignant un moment d'être arrivé trop tard, Melchior força la serrure pour s'introduire dans l'appartement.

– Jeanne? Suzy? Vous êtes là? demanda-t-il à voix haute.

À peine avait-il refermé la porte qu'il se trouva nez à nez avec le canon d'un pistolet. Jeanne, les yeux exorbités, le braquait en tremblant. Non loin d'elle, Suzy, et Eddy, armés eux aussi, venaient d'ouvrir l'entrée de service.

– T'es qui, toi? Comment tu nous connais? questionna Jeanne en armant le chien de son arme.

Alors Melchior déclina son identité. Il précisa avoir procuré à Louise son fusil à lunette et venir de la part de Buck. Il savait que Suzy avait rendez-vous avec Heindrich au Regina à 18 heures. Pendant qu'il s'expliquait, Eddy le fouilla rapidement et confisqua son pistolet.

— Comment tu sais tout ça ? Qu'est-ce qui me dit que t'es pas un Schleu envoyé par Heindrich ? reprit Jeanne en s'avançant d'un pas.

— Le concierge du Regina est avec nous. Heindrich l'a informé de la visite d'une femme et lui a demandé de la faire monter chambre 813.

Eddy regarda Jeanne en secouant la tête. Suzy se souvenait d'avoir entendu Louise parler d'un certain Melchior à Maria. Mais Jeanne n'était toujours pas convaincue.

— Heindrich ne doit pas ressortir de cette chambre vivant. Je suis venu pour vous aider, conclut Melchior, les mains toujours levées.

— Et qu'est-ce que tu proposes ?

— Tout d'abord, de vous conduire ailleurs. Il ne faut pas rester ici. Ma voiture est en bas. Dépêchez-vous, il nous reste peu de temps.

Melchior les emmena au Muséum où il leur expliqua son plan dans les moindres détails. Grâce à leurs contacts à l'intérieur de l'hôtel, Jeanne, déguisée en femme de chambre, dissimulerait un pistolet sous l'oreiller, de manière que Suzy puisse l'attraper rapidement lorsque Heindrich l'aurait rejointe. Suzy devrait tirer deux coups dans la tête de son ancien amant puis sauter par la fenêtre où un grand panier à linge amortirait sa chute.

Jeanne s'occuperait ensuite de l'évacuer vers une voiture conduite par Eddy.

– Avez-vous des questions ? demanda Melchior une fois son exposé terminé.

Suzy, qui n'avait pas encore ouvert la bouche, se résolut à parler.

– Je ne pourrai jamais faire ça.

Consternés, ils se tournèrent tous vers elle.

– Mais enfin, t'avais dit que tu le tuerais ! lança Jeanne.

– Je le ferai. Mais sauter par la fenêtre, ça, je peux pas ! confia Suzy.

Jeanne resta interdite. Melchior enleva ses lunettes ; il semblait vieilli de dix ans subitement.

– Mais c'est la seule façon de vous évacuer, Suzy. Vous n'aurez que quelques secondes devant vous.

– Je trouverai un moyen.

Jeanne lui prit la main et la serra très fort. Suzy baissa les yeux. Elle n'ajouta rien, mais tout le monde comprit le choix qu'elle venait de faire.

À 17 h 55, Suzy s'engagea dans la porte tournante du Regina. Habillée d'une robe blanche, coiffée d'un chapeau marine avec voilette, elle s'efforça de suivre la consigne que Melchior lui avait donnée : se concentrer exclusivement sur un seul détail depuis son entrée à l'hôtel jusqu'à son arrivée à la chambre 813. Mais les images du passé resurgissaient sans qu'elle puisse les conjurer. Elle se revit effectuer le même trajet deux ans plus tôt, au bras de Karl. Elle avait bu beaucoup de champagne et trébuché à plusieurs reprises tout en se raccrochant à lui. Il l'avait chaque fois soutenue vigoureusement. Le rire plutôt féminin qu'il avait alors laissé échapper l'avait surprise chez un homme de son autorité.

La décoration avait changé; le mobilier notamment était plus rococo. Suzy aimait bien les nouveaux fauteuils. Elle tenta de se concentrer sur la forme de leurs accoudoirs. Parvenue à la réception, elle s'appuya au comptoir et reprit ses esprits. Elle ne remarqua pas tout de suite le concierge penché sur elle.

– Mademoiselle Liliane?

Suzy releva la tête. L'homme la regardait avec un sourire.

– On vous attend chambre 813. Suivez le groom, il va vous emmener...

– Je connais le chemin, merci...

– Le colonel Heindrich en a décidé ainsi.

À quelques mètres sur sa droite, le groom l'attendait près de l'ascenseur. Suzy fit un pas dans sa direction, avant qu'un soldat ne s'interpose pour la fouiller. Le rythme de son cœur s'accéléra. Elle se souvint que Karl avait fait la même chose le premier soir, exactement au même endroit, mais sur le ton de la plaisanterie. Elle avait ri à gorge déployée, insouciante et heureuse, sans imaginer qu'elle se retrouverait là deux ans

plus tard à la même place, sur le point de
commettre son premier et dernier meurtre.

En entrant dans l'ascenseur, elle repensa à la
question que Gaëlle leur avait posée dans l'ambulance juste après l'évacuation du géologue anglais.
Qu'allaient-elles faire si elles rentraient vivantes à
Londres ? Suzy avait répondu qu'elle voulait danser dans une grande salle, avec son nom écrit en
larges caractères et en haut de l'affiche. Aujour-
d'hui, cette idée lui semblait bien puérile. Que
ferait-elle si elle survivait au meurtre de Karl ?
L'évidence de la réponse la frappa alors que le garçon appuyait sur le bouton du deuxième étage :
elle irait à Liverpool voir son fils. Non pas pour se
présenter à lui, ni même lui parler, mais juste
l'observer à distance, sans que ses parents adoptifs
ne se doutent de sa présence. Elle se concentra sur
cette idée jusqu'à ce que le groom lui ouvre la
porte 813.

Rien n'avait changé depuis la dernière fois. De
la chambre émanait le même parfum et les fleurs
semblaient identiques. L'atmosphère morbide de
la pièce la fit frissonner. Elle se posta à la fenêtre
et alluma une cigarette. Dans la cour, elle pouvait
voir le panier à linge. Elle ferma les yeux en exha-
lant la fumée par ses narines. On frappa à la porte.
Suzy sursauta et éteignit sa cigarette. Pendant un
court moment, elle ne sut quelle attitude adopter.
Mais Karl n'était pas derrière la porte. Jeanne
pénétra dans la pièce et lui apporta du linge
propre. Et le pistolet qu'elle plaça sous l'oreiller.

Les deux femmes échangèrent un long regard, puis Jeanne tourna les talons sans un mot. Suzy s'approcha du lit et tendit la main sous l'oreiller. Elle souleva le revolver qui lui parut énorme. Son bras trembla légèrement, elle trouvait la crosse si lourde. Comment réussissait-elle à tirer ? Des pas approchèrent dans le couloir. Elle mit le pistolet dans son sac et regagna la fenêtre. Quelques secondes plus tard, la porte de la chambre s'ouvrit sur un homme que Suzy identifia à son pas et à sa respiration. Karl. Il était aussi tendu qu'elle, peut-être même davantage. Il se rapprocha et se plaça juste derrière elle avant de s'immobiliser. Suzy tendit tous ses muscles car elle devina qu'il regardait sa nuque. Elle avait remonté ses cheveux en chignon, exprès, comme à son habitude lorsqu'ils sortaient ensemble. Elle ne tarda pas à sentir la main de l'officier posée sur son cou d'abord, puis remontant doucement jusqu'à l'arrondi du crâne où la paume s'attarda. Alors seulement, elle entendit sa voix.

– Je n'ai jamais cru à ta mort, tu sais.

Elle pivota pour l'affronter de face, le visage toujours dissimulé derrière sa voilette. Il la regardait droit dans les yeux maintenant. Il avait vieilli, des rides autour de ses yeux étaient apparues, son teint était un peu brouillé. Suzy pensa à Liverpool, elle se raccrochait à cette image qui lui paraissait à cet instant précis la seule promesse d'avenir qu'elle puisse faire sienne. Sa main se glissa dans son sac et se referma sur la crosse du revolver qui déjà lui parut moins large.

– Pourquoi es-tu partie, Liliane ?

– Notre histoire... était condamnée.

Karl la dévisageait comme on cherche à lire entre les lignes. Elle tenait le pistolet en main, il ne restait plus qu'à le sortir du sac et à le pointer sur lui. « Tirez deux fois », avait dit Melchior. Mais elle trouvait son ancien amant trop près d'elle.

– Donne-nous une seconde chance. Viens avec moi en Allemagne, je pars ce soir.

Suzy secoua la tête, Karl recula d'un pas, surpris. Elle sortit son arme et le mit en joue. Il n'eut pas l'air surpris, ce qui la déstabilisa.

– C'est Buckmaster qui t'envoie ? Tu fais partie du commando ? demanda-t-il. Qu'est-ce qu'ils t'ont promis en échange ?

Suzy arma le chien du pistolet, sa main se mit à trembler. Elle ne pouvait presser la détente.

– Ce qu'il y avait entre nous était beau, Liliane. Ne les laisse pas salir ça.

Incapable de retenir son émotion plus longtemps, elle baissa son arme en détournant la tête. Karl la prit dans ses bras et déjà il cherchait sa bouche, la main posée sur le pistolet qu'elle tenait toujours. Suzy s'abandonna, scellant ses lèvres à celles de Karl. Il la souleva pour la porter sur le lit, avant de la recouvrir tout entière de son corps. La tête enfouie dans les oreillers, Suzy avait lâché l'arme et enserrait Karl avec ses jambes. Pourtant, au moment où il entrait en elle, un sursaut de lucidité l'envahit. Le regard qu'il lui portait lui parut soudain insupportable. Tout à la fièvre qui l'habitait, Karl ne la vit pas saisir le pistolet.

Jeanne se trouvait encore sur le palier du deuxième étage lorsqu'elle entendit les détonations. Deux coups très rapides, comme l'avait demandé Melchior, et puis plus rien. En bas déjà, dans la cage d'escalier, des hommes gravissaient les marches en vociférant. Jeanne courut vers la chambre ; la porte était toujours fermée. Avant que les soldats n'investissent l'étage, Jeanne avait disparu. Le chaos déclenché par les coups de feu lui permit de rejoindre la cour sans être inquiétée. À la vue du panier de linge vide, elle se dit que Suzy n'avait pas fait le grand saut. Toujours vêtue de son costume de femme de chambre, elle s'empressa de quitter l'hôtel par la sortie de service avant de rejoindre la voiture où l'attendaient Eddy et Melchior.

– On se barre, vite ! leur lança-t-elle en retirant son tablier.

Melchior l'interrogea du regard, son arme à la main. Installé au volant, Eddy hésitait.

– Et Suzy ?

Jeanne allait répondre quand un brouhaha se fit entendre à la porte de l'hôtel. Deux infirmiers apparurent avec une civière sur laquelle un corps était étendu. Un drap blanc recouvrait le cadavre, rendant toute identification impossible.

Dans la voiture, les trois membres du commando retenaient leur souffle. Les infirmiers chargèrent le brancard à l'arrière d'une camionnette avant d'y grimper eux-mêmes. Derrière eux, un nouveau groupe sortit de l'hôtel. Un homme marchait en tête, le visage blême mais le pas régulier. Heindrich. Sans s'arrêter, il suivit des yeux l'ambulance qui démarrait. Il mit sa casquette et gagna sa voiture. Jeanne se plongea le visage dans les mains.

– Merde, c'est raté, il a rien. Vas-y! commanda-t-elle.

Eddy appuya doucement sur l'accélérateur, et le véhicule s'engagea rue de Rivoli. Jeanne pleurait en silence, Melchior lui offrit son épaule.

– Il n'y a plus qu'un seul moyen maintenant, murmura-t-il, les yeux dans le vide.

Louise

Enchaînés dans les locaux de la Gestapo, Pierre et Louise restaient silencieux. La présence de leurs tortionnaires empêchait toute intimité, mais leur absence n'aurait pas délié leurs langues. Ce qu'ils éprouvaient l'un pour l'autre, à ce moment précis, se situait bien au-delà des mots.

En échangeant la vie de sa sœur contre le secret des « Phoenix », Pierre avait réalisé combien sa mort lui aurait été insupportable, plus encore même que l'issue de la guerre et le sacrifice de milliers d'hommes. Sa trahison, provoquée par un amour insensé, dévoilait la domination inconsciente qu'elle avait exercé sur lui toutes ces années durant. « Je parle car je ne peux imaginer un monde où tu n'existerais pas », lui avait-il signifié par sa confession. Louise s'en voulait maintenant de n'avoir pas mieux aimé ce frère. Sa trop grande force de caractère l'avait poussé à la plus terrible des faiblesses. Jamais elle ne lui avait laissé la chance de se faire une place.

Soudain Heindrich apparut exsangue dans la lumière blafarde. Les yeux rougis, l'air hagard, il avait tout du supplicié en route pour son dernier voyage. Une seule personne, pensa Louise en l'observant, pouvait l'avoir plongé dans une aussi grande détresse.

Suzy.

Le regard plein de haine, le colonel plaça son visage contre celui de Louise, qui sentit son haleine chargée d'alcool. L'homme semblait dévasté. Il lui cracha à la face.

– Vous n'auriez pas dû vous servir de Liliane. Vous êtes responsable de sa mort.

Les tortionnaires l'observèrent, interdits. Heindrich la dévisageait sans relâche, les yeux exorbités. Volker les avait rejoints maintenant.

– Vous allez être transférée à la prison de la Roquette, continua Heindrich. J'emmène votre frère avec moi en Allemagne. C'est la dernière fois que vous vous voyez.

Louise se tourna vers Pierre. Elle avait du mal à retenir ses larmes, il lui souriait, l'air étrangement serein.

Heindrich donna l'ordre à ses hommes de détacher les prisonniers. Sur une table basse, à côté d'instruments divers, Pierre avait repéré un scalpel. Ses poignets enfin dégagés et avant même que l'aide de camp ne puisse réagir, il se rua sur le scalpel et se trancha la gorge d'un geste sec. Le mur fut aspergé de sang. Louise s'élança vers lui mais elle

fut maîtrisée aussitôt. Totalement hébété, Heindrich regardait Volker tenter vainement de stopper
l'hémorragie, mais l'artère, très entaillée, ne laissa
aucune place au doute. Il n'y avait plus rien à faire.
Pierre mourut le sourire aux lèvres devant sa sœur
secouée de sanglots.

Sans la présence de Pierre, convaincre Rommel
deviendrait une tâche beaucoup plus ardue
maintenant.

– Tuez-moi aussi, supplia Louise. Je vous le
demande comme une faveur.

Pris d'un léger tremblement, Heindrich s'approcha d'elle une dernière fois.

– Je n'ai qu'une faveur à vous proposer. Choisir
entre la déportation ou l'exécution.

– Je choisis l'exécution.

– Je vais faire le nécessaire.

Quelques heures plus tard, Louise partait pour la
prison de Fresnes. Un peloton d'exécution devait la
passer par les armes dès son arrivée. Assise dans la
semi-obscurité du fourgon, sous la surveillance
d'un garde, elle sentit soudain une douleur lanci-
nante lui vriller le ventre. Les coups qu'elle avait
reçus pendant l'interrogatoire avaient dû meurtrir
le fœtus. Louise songea que son bébé pouvait aussi
exprimer sa colère d'être sacrifié par une mère
ayant privilégié d'autres intérêts. Ses pensées
allèrent ensuite vers Claude, Gaëlle, Suzy, Maria et
Pierre qu'elle allait rejoindre sans éprouver la
moindre peur. Pour la première fois même, la mort

lui apparaissait comme une délivrance. Elle comptait plus d'amis à présent chez les morts que parmi les vivants. Elle ne regrettait rien, si ce n'est d'avoir raté Heindrich dans le métro. Louise repensa à ce doute qu'elle avait eu sur le chemin de l'Institut des aveugles. Aurait-elle dû fuir au lieu de persister dans la mission ? Cette question l'occupa un long moment sans qu'elle puisse trouver de réponse.

En traversant le bois de Boulogne, le fourgon ralentit soudain et s'immobilisa sans raison apparente. Plusieurs coups de feu éclatèrent à l'avant, tandis qu'une violente rafale déclenchait l'ouverture de la porte arrière du véhicule. Avant même d'avoir pu opposer la moindre résistance, la sentinelle fut balayée par une nouvelle salve. Melchior apparut, mitraillette au poing, et malgré la fumée, fit signe à Louise de se hâter. Elle se leva d'un bond et réussit à descendre malgré les fers qui lui enserraient les chevilles. Elle découvrit alors Jeanne, vêtue d'un uniforme allemand, un calot vissé sur la tête et une arme à la main. Elles tombèrent dans les bras l'une de l'autre. Melchior les rappela à l'ordre ; ils n'avaient plus beaucoup de temps devant eux. Eddy recula la voiture à leur niveau. Melchior ouvrit le coffre et prit un uniforme gris souris, qu'il tendit à Louise. Ce déguisement l'aiderait à franchir le barrage gare de l'Est.

– Il faut arrêter Heindrich. Un avion vous attend à Orléans pour vous ramener à Londres. Il restera jusqu'à minuit. Eddy connait l'adresse exacte.

Jeanne libéra Louise de ses fers grâce à quelques tirs bien ajustés et ils s'apprêtaient tous à monter en voiture quand un coup de feu retentit derrière eux. Melchior se figea, un mince filet de sang au coin des lèvres. Il tomba à genoux, révélant la sentinelle du fourgon titubant, un pistolet à la main. Jeanne le cribla de balles. Louise la maîtrisa pour qu'elle ne vide pas son arme sur un homme déjà mort par quatre fois.

– Viens, on y va, souffla-t-elle.

Brillants d'une lueur inhabituelle, les yeux de Jeanne se posèrent une dernière fois sur le corps de Melchior. La voiture démarra en trombe.

Un important dispositif militaire était déployé sur le quai du train en partance pour Berlin. Debout sur le marchepied du wagon de première classe, Heindrich terminait une cigarette. Il consulta sa montre. Plus que six minutes avant le départ. Il avala une dernière bouffée pour le plaisir de sentir la fumée entrer dans ses poumons. Sur le quai d'en face, un train venait de s'arrêter et il pouvait très clairement distinguer toute une série de numéros inscrits sur le premier wagon. La cigarette encore à la bouche, Karl ne résista pas à la tentation d'additionner tous ces nombres pour tenter de les réduire à son chiffre fétiche. Mais finalement il parvint au 5, ce qui lui déplut. Pourtant, il ne doutait plus de sa capacité à convaincre Rommel sans la présence de Pierre. Son succès ne faisait plus aucun doute. Il comprit qu'il devait arrêter de croire aux signes. Les présages ne reflétaient rien d'autre que son insécurité. Or, jamais il ne s'était senti plus sûr de lui que maintenant.

Revêtue de son uniforme, Louise apparut en tête de quai. Jeanne, habillée en civile, la suivait flanquée d'Eddy, visiblement terrorisé. Louise se vit refuser l'accès du train pour Berlin alors qu'elle tendait son ticket de quai à poinçonner.

– Mais j'ai des papiers à faire signer au colonel Heindrich avant son départ. C'est très important, protesta-t-elle en produisant les documents.

Le garde ne voulut même pas les examiner. Heindrich avait donné des consignes très strictes et seuls étaient admis à passer le barrage les voyageurs munis de billets.

Un moment perdues, Louise et Jeanne échangèrent un regard inquiet. Sur leur droite, un permissionnaire allemand embobinait une jolie fille en parlant bruyamment. Jeanne le fixa, les yeux soudain traversés par la même lueur qu'au bois de Boulogne, quand Melchior s'était écroulé. Le visage très pâle, elle plongea la main dans la poche de son imperméable et chuchota à Louise :

– Vas-y, fonce, ne t'occupe pas de moi.

L'arme au poing, Jeanne bifurqua pour viser le soldat en goguette à qui elle logea deux balles en pleine tête à la vue de tous. Un mouvement de panique s'empara des badauds dès la première détonation. Les sentinelles qui contrôlaient l'accès au quai se jetèrent sur elle pour la désarmer. Jeanne n'opposa aucune résistance. Le sourire aux lèvres, elle croisa une dernière fois le regard de Louise qui venait de franchir le barrage. Menottée et encadrée par deux solides soldats, Jeanne aperçut Eddy dans la foule : la surprise et l'admiration se lisaient sur son visage.

Heindrich avait aussi entendu les coups de feu, mais, trop éloigné du barrage, il ne pouvait rien voir. Dans les haut-parleurs, une voix annonça alors le départ du train pour Berlin. Il jeta son mégot et s'apprêtait à monter dans le wagon lorsqu'il aperçut une silhouette en uniforme qui approchait sur sa droite.

– Mon colonel, s'il vous plaît.

Avant que son cerveau ne réalise qu'il connaissait cette voix, le canon du silencieux toussa deux fois et Karl vacilla, une brûlure terrible dans le dos. Agrippé au marchepied, les genoux à terre, il devina les trous dans son uniforme, les balles ayant traversé sa poitrine. Suffoquant, il regarda la silhouette qui lui faisait face. Quand Louise fut sûre d'être bien identifiée, elle l'acheva de deux tirs en pleine tête. Projeté violemment en arrière, Heindrich roula sous le wagon et s'écrasa près de son mégot encore fumant. Louise disparut alors que le train s'ébranlait sur le cadavre de l'Allemand.

En sortant de la gare, Louise craignit de ne pas retrouver Eddy. Les soldats l'avaient peut-être identifié et embarqué avec Jeanne. Rejoindre sa voiture pouvait être risqué mais elle n'avait guère le choix. Elle devait attraper l'avion envoyé par Buck. Sans rien montrer de sa fébrilité, Louise contourna la place des arrivées jusqu'à localiser la voiture d'Eddy, garée en contrebas. Elle le vit installé au volant, en train de pleurer. Autour de lui, tout était calme. Jeanne devait encore mobiliser la quasi-totalité des soldats à l'intérieur de la gare. Après s'être assurée que personne ne l'observait, Louise descendit les marches pour s'installer auprès d'Eddy.

– On ne peut plus rien pour elle, démarre, l'avion ne nous attendra pas plus longtemps.

Effaré, Eddy la dévisagea quelques secondes. Quand Louise lui demanda ce qu'il attendait, il lui désigna le rétroviseur. Louise vit son reflet ; le sang de Heindrich avait giclé sur son uniforme et son menton sans même qu'elle s'en rende compte.

Après un démarrage en douceur, ils prirent la route d'Orléans où ils arrivèrent quelques minutes à peine avant le départ de l'avion. Louise poussa Eddy à embarquer avec elle mais, contre toute attente, il choisit de rester. À cause de sa conduite passée, il redoutait d'être jeté en prison par les Anglais et de ne pouvoir se défendre, faute de connaître leur langue.

– Mais tu m'as aidé, il ne t'arrivera rien. Je parlerai pour toi, protesta Louise.

Eddy s'en tint à sa décision mais il monnaya sa contribution à l'exécution de Heindrich contre une

239

part du butin. Dans un élan de générosité, Louise lui en laissa la totalité avant de lui souhaiter bonne chance. Une fois assise dans la carlingue et alors que l'avion prenait son envol, par le hublot, elle aperçut la silhouette d'Eddy qui regagnait sa voiture en courant avec sa valise. Quelle vie l'attendait en France maintenant ? Elle ne devait jamais le savoir.

Pendant le vol, Louise ressentit à nouveau de violents élancements dans le ventre. En enlevant son imperméable, elle vit du sang qui coulait le long de ses jambes. Elle fut contrainte de s'allonger par terre. Le pilote lui jetait des coups d'œil inquiets de temps à autre, complètement halluciné. La soudaine baisse de tension provoquée par la fin de la mission avait dû déclencher la fausse couche. Désespérée, Louise fondit en larmes, tandis qu'entre ses cuisses l'hémorragie était de plus en plus importante. Depuis son évasion du fourgon, elle ne se faisait pourtant plus d'illusion sur le sort du bébé, mais la soudaine confrontation avec le réel lui causa une surenchère d'émotion qui faillit l'emporter. L'appareil se posa enfin sur l'aéroport militaire d'Aldershot. Louise, inerte, fut transportée en urgence à l'hôpital militaire où elle reçut les premiers soins. Dans un semi-coma, elle entendit quelqu'un lui demander si elle voulait parler à un prêtre. Louise déclina l'offre et sombra dans un sommeil sans rêves.

Réveillée aux premières lueurs de l'aube, la jeune femme eut la surprise de découvrir Buckmaster à son chevet. Depuis plusieurs heures, il la veillait en silence. En la voyant ouvrir les yeux, il lui prit la main.

– Je suis désolé pour Pierre. Et j'ai appris pour votre bébé.

Elle le regarda sans rien dire. Que pouvait-elle répondre d'ailleurs ?

– Le débarquement aura lieu comme prévu, poursuivit Buck. J'ai eu le Premier ministre tout à l'heure au téléphone. Il tient à vous féliciter personnellement, vous et Jeanne.

Cette fois, Louise ne put garder le silence.

– Dites-lui que pour cela, il faudra que Jeanne soit revenue. Je compte sur lui pour la ramener. Personnellement.

Buck se figea quelques secondes. Le visage fermé de Louise avait coupé court à toute manifestation d'enthousiasme. Le colonel se contenta de hocher la tête, et sortit de la chambre.

Après

Louise était retournée habiter chez Pierre. Buck lui avait trouvé un emploi d'infirmière dans un hôpital qui accueillait les plus grands blessés du Débarquement. Pendant près d'un an, elle y soigna des hommes à moitié morts. Les moins infirmes lui racontèrent l'horreur de leurs combats. Par pudeur, elle les écoutait en silence, sans jamais évoquer la douleur qu'elle portait en elle chaque jour, depuis des mois. Churchill l'avait personnellement appelée au téléphone pour lui exprimer son admiration et la remercier d'avoir contribué à la réussite de l'invasion alliée. Sans paraître s'émouvoir, Louise lui avait répondu que la réussite ne serait totale qu'au retour de Jeanne Faussier. Après une pause, il lui avait promis que l'impossible serait fait pour la retrouver.

Aux premiers jours du mois de mai 1945, alors qu'elle assistait à une projection d'*Autant en emporte le vent,* Louise vit une bande d'actualités sur la libération du camp de Buchenwald par l'armée américaine. Les soldats y avaient filmé les charniers découverts à leur arrivée. Les images surréelles de corps empilés les uns sur les autres défilèrent devant un public tétanisé. Au détour d'un plan, Louise reçut un choc à la vue d'un gibet d'où des GI décrochaient une femme récemment pendue. Son corps nu et lacéré avait beau être d'une maigreur effrayante, elle reconnut immédiatement celui de Jeanne. Au milieu de la salle bondée, Louise fondit alors en larmes. Une femme installée à côté d'elle la prit dans ses bras pour la réconforter, mais Louise se leva brusquement et regagna son domicile. Elle y resta prostrée une journée entière.

Une semaine plus tard, Buckmaster lui apportait la confirmation de la mort de Jeanne. La jeune femme avait été déportée peu après son arrestation gare de l'Est et exécutée quelques heures seulement avant l'arrivée des Alliés. Louise repensa à leur première rencontre, à la prison de Luton, déjà au pied d'un gibet. En lui proposant de rejoindre leur mission, Louise avait simplement retardé une exécution à laquelle la prisonnière ne pouvait échapper. Louise était vivante grâce à Jeanne, elle en avait conscience. Maintenant, elle savait ce qu'elle devait faire pour honorer sa mémoire et celle de tous ceux qu'elle avait laissés derrière elle. Mais elle attendait le bon moment, par respect pour une promesse passée, à bord d'une ambulance, sur un chemin perdu de Normandie, il y avait maintenant si longtemps.

Dans la nuit du 8 mai 1945, Louise se trouvait de garde à l'hôpital quand l'armistice fut signé. Tout le personnel brancha la radio pour écouter le discours du Premier ministre. Certains malades s'étaient réveillés pour l'occasion. Au grand étonnement de tous, la nouvelle fut accueillie dans un silence respectueux. Chacun se regardait, partagé entre le rire et les larmes. Louise ne pleurait pas, mais n'avait pas davantage envie de se réjouir. Elle avait rêvé de ce moment pendant des années et, maintenant qu'il était arrivé, elle se montrait presque indifférente. Assise sur une chaise à l'écart, elle posa sa coiffe d'infirmière sur ses genoux et ferma les yeux. Cela en valait-il la peine ? se surprit-elle alors à penser. Elle n'avait plus personne avec qui se réjouir de cette victoire tant attendue, pas d'enfant à qui elle pouvait l'offrir comme une promesse. Le visage de Heindrich à la gare de l'Est passa alors devant ses yeux, pour la première fois depuis de longs mois. C'est moins son visage hébété que son mégot en train de fumer par terre, qu'elle revoyait. Elle se le remémorait avec tant de précision qu'elle aurait pu compter les rainures grises sur le papier blanc.

Elle avait gagné la guerre et pensait à une cigarette. Il fallait qu'elle sorte, elle avait chaud tout à coup.

– Louise, où tu vas ? Tu ne peux pas partir maintenant, on va aller faire la fête, lui dit une de ses collègues.

– Je vais me coucher. Je suis fatiguée, répondit-elle à la stupéfaction de tous.

Elle dormit six heures d'affilée d'un sommeil de plomb, malgré le vacarme qui régnait dans les rues. À son réveil, elle prit un bain, puis s'habilla sans même manger un morceau, l'esprit totalement accaparé par la tâche qu'il lui restait à accomplir. Lorsqu'elle boutonna son trench-coat pour sortir, elle remarqua que sa main tremblait légèrement.

Dehors, c'était toujours la cohue. De leurs fenêtres les gens lançaient des pluies de confettis qui se déposaient sur ses épaules indifférentes. Personne n'avait dormi, pourtant Louise semblait la plus épuisée. En se frayant un chemin à travers la foule, elle reçut des dizaines d'accolades auxquelles elle ne répondit pas.

Étrangère au bonheur qui explosait à chaque coin de rue, Louise marcha jusqu'à la première église anglicane. Ses portes ouvertes étaient comme une invitation. Une fois le seuil franchi, Louise s'arrêta néanmoins. Elle n'était pas entrée dans une église depuis plus de cinq ans et la dizaine de mètres qui la séparaient de la nef lui parurent soudain le plus infranchissable des parcours. Pourtant, Louise se surprit à remonter l'allée centrale sans flancher une seule fois. Devant l'autel, après s'être signée alors qu'elle s'était juré de ne plus jamais le faire, elle alluma cinq cierges, sans verser la moindre larme.

Louise recula de quelques pas pour contempler les flammes vacillantes. Puis elle s'agenouilla et, dans le silence, se mit à prier pour Pierre Desfontaines, et pour Maria, Gaëlle, Suzy et Jeanne, ses sœurs de l'ombre.

Cet ouvrage a été composé et imprimé par la
SOCIÉTÉ NOUVELLE FIRMIN-DIDOT
Mesnil-sur-l'Estrée
pour le compte des Éditions Perrin
11, rue de Grenelle
Paris 7ᵉ
en janvier 2008

Imprimé en France
Dépôt légal : février 2008
N° d'édition : 2349 – N° d'impression : 88256